Meine Nachkommen, die Erben des Lichts

Empfangen auf dem geistigen Weg
Bea

Bd. III der Schriftenreihe: Jesus, Sein Vermächtnis der Liebe

Bea Music words & music from other worlds
Verlag

Mein Dank an Jesus Christus

Du hast mir offenbart
all die tiefen, geheimnisvollen Dinge.
Alle Dinge existieren durch Dich
und es gibt keinen anderen neben Dir.
Mit Deinem Gesetz führst Du mein Herz,
damit ich meine Schritte
auf die rechten Wege setze
und dort einhergehe,
wo Du gegenwärtig bist.

DU bist das Licht, tief in mir, Bea

Gebet aus dem Handbuch der Übungen
der Schriftrollen vomToten Meer

Etwas über Bea:

Kein Jahr wie jedes andere – 1997.
Kein Tag wie jeder andere – im April 1997.

Sanft übernimmt eine mir unbekannte Kraft meine Hand und führt sie eindrucksvoll über ein Blatt Papier und schreibt in einer geschwungenen, klaren Schrift.

Diese eindrucksvolle Kraft, Jesus Christus, nimmt mich ganz in Seinen Bann und die unwiderstehliche, liebevolle Schwingung verzaubert meine alte Welt in eine kostbare, neue Welt.

Unbeschreiblich schön ist diese neue Welt,
in der es nur Liebe und Harmonie gibt.

Unbeschreiblich hart ist die alte Welt, aus der ich mich sehr schmerzlich löste, um den neuen Weg zu gehen. Hart ist das Lächeln der Menschen, die diesen Weg nicht verstehen, und der doch so einzigartig in seiner Schönheit ist. Am Anfang scheinen die Steine, die im Wege liegen, unüberwindlich und riesengroß, dann jedoch wandeln sie sich in Steine der Weisheit. Geduldig und liebevoll führte mich mein Meister die steilen Pfade hinauf, immer helfend, immer schützend. Aus dieser Geborgenheit heraus verlor ich langsam meine Zweifel an mir.

Viele Kleider alter Verhaltensmuster liegen abgestreift am Wegesrand und verblassen im Schein der neuen, lichtvollen Gewänder, die Jesus Christus, mir gab. Und nur Er blättert die Seite aus dem Lehrbuch meines Lebens um, nicht ich.

Lerne, lebe und lehre.

Kein Jahr wie jedes andere – 1998.

ER bittet mich, ganz in Seinen Dienst zu gehen.
Der erste Gedanke, an eine Schwesternhaube, macht mir für einige Sekunden zu schaffen. Alles, nur das nicht.

Lächelnd führt ER mich meinem wundervollen zweiten Ehemann zu. So löst er auch die Bande des diesseitigen Arbeitgebers auf und ich überlasse Ihm erneut meine Führung. Behutsam öffnet Jesus Christus meinen Geist für Seine Botschaften und überträgt mir meine neue Arbeit aus dem Jenseits, das Empfangen Seiner wundervollen Bücher. Das erste Buch „Die Friedensstifter sind unter euch" ist fertig.

Kein Jahr wie jedes andere – 1999.

Das erste Buch erscheint und die Übertragung des zweiten Buches „Die Bruderschaft der Liebe" beginnt im Januar. Zweieinhalb Monate dauert die Übertragung und während dieser Zeit beauftragt ER mich, die Bücher als Hörbücher vorzubereiten. Die jenseitige Arbeit ist sehr real.

Er führt mich zu wunderbaren Menschen, die bereit und offen und voller Liebe und Freude sind, mit mir diese neuen Wege zu gehen und das erste Hörbuch entsteht. Das dritte Buch „Meine Nachkommen, die Erben des Lichts" beginnt im Mai und pendelt zwischen dem zweiten Hörbuch und dem Entstehen des Verlages „Bea Music". Sehr real ist die jenseitige Arbeit in dem Diesseits.

Und dies alles geschieht in der Liebe, die aus dem Jenseits in das Diesseits fließt und in der Liebe, die aus dem Diesseits in das Jenseits fließt und ist die Einheit der Harmonie, die ich empfinde.
Nichts ist mehr so wie vor 1997, jedoch möchte ich keinen Schritt mehr zurückgehen.

So arbeiten wir, mein Mann und ich, am Frieden dieser Welt, diesen Auftrag gab ER uns und es ist das schönste Geschenk in unser beider Leben.

Und der Frieden der Welt entsteht zuerst in uns selbst.

***Ich wünsche Ihnen den Frieden Seiner Liebe,
Ihre Bea.***

Dieses Buch der Botschaft der Liebe
ist meinem Mann Werner gewidmet,
der diese Liebe ist.

Ich danke Dir, lieber Werner für Deine Liebe und Fürsorge während der vielen Monate der Übertragung dieses Buches. Deine umsorgende Nähe, Dein Aufmuntern und Deine Anerkennung haben es mir ermöglicht, das Buch der Liebe aus dem Geiste Jesus Christus zu empfangen.

Danken möchte ich auch Frau Elfi Kaiser, die mich auf den Weg des Mediums geführt hat und mir das schönste Geschenk meines Lebens „Jesus Christus" gebracht hat,

meiner lieben Freundin Rosel Kurscheid, die mich auf diesem Weg mit ihrem liebevollen Wesen begleitet hat,

und meiner Mutter und unseren Kindern Detlev, Sandra, Alexander und Andreas gebe ich mit diesem Buch die Hoffnung auf ein Leben in dieser Ewigen Liebe.

Im August 1999

Dieses Buch liegt seit Urzeiten geschrieben, bereit für den Tag, der nun kommen wird.

Mein Reich komme,
denn am Anfang war das Wort,
das Fleisch geworden ist.
Mein Blut ward vergossen
zum Heil der Menschen.

Dies ist meine Friedensbotschaft,
denn das Himmelreich ist in Euch,
so wie im Anfang so im Ende.

Meine Friedensstifter sind unter Euch.
Höret, Höret, Höret.

Denn wahrlich Ich sage Euch, mein Reich komme.

Jesus Christus

Inhaltsverzeichnis

Meine Nachkommen, die Erben des Lichts

1. Kapitel
Die Ankunft in England

Frieden schimmert sanft über den Ozeanen der Welt. Blaugrüne Wellen umkräuseln die Küsten Englands und meilenweit berauschen sich die Möwen im Gesang des Windes. Spielerisch tänzelt das Boot in die Liebe der neuen Heimat, das lange weiße Haar Joseph von Arimathäas weht die Fahne des Friedens in die verbindenden Horizonte der Gezeiten der ewigen Wiederkehr.

Meinen Sohn erwartet die Bürde der Dunkelheit, um die Liebe des Lichtes zu bringen der Dunkelheit, im strahlenden Lichtkreis seiner Liebe. Tief verwurzelt ruht die Weisheit seines Erbes in ihm und führt ihn an der festen Hand Joseph von Arimathäas in das noch feuchte Grün des anbrechenden Morgens im aufsteigenden Nebel der Küste Englands.

Rauh ragen die zerklüfteten Klippen in das gespaltene Land der Monarchie und der Adel Englands nahm die Botschaft der Ankunft Meines Sohnes entgegen und der Klerus übernahm das kritische Bewachen seiner Schritte und der Worte, die er und Joseph verkündeten.

*

Eine ganz in weiß gekleidete Nonne empfing uns an der Pforte unseres Zieles in London und wir ruhten unsere Körper eine Weile gemeinsam aus in der Stille des ruhenden Abends. Ich, Jesus Christus, trat zu euch und legte Meine Hände auf euer Haupt und liebend verweilten Meine Hände dort wo die Schwingung des Jenseits in die Schwingung des Diesseits tritt. Sanfter Lotus glitt über eure Silberfäden, getränkt aus der Liebe der Pyramide des Schöpfers in die Bewußtsein eures Geistes und umhüllte den Glanz Ewigen Seins. Hell weiteten sich die leuchtenden Augen Meines Sohnes im Erkennen Meiner Gegenwart und zärtlich schmiegte er sich in die Liebe Meines Herzens und weit schwangen wir gemeinsam in die Höhle seiner Geburt, die Liebe seiner Mutter zu teilen mit Mir, Jesus Christus. Wohlriechend geborgen lag im Schimmer des Mondes seine kleine Schwester, deren kleines rundes Gesicht friedlich schlummerte in den Armen Magdalenas. Meine Liebe verband sich in die Innigkeit der Hoffnung aller Liebe und der weiße Strahl des Ewigen Vaters aller Liebe enthob uns sanft in die Welt des Klosters.

*

Unsanft verhallten die langen Schritte Joseph von Arimathäas in den unterirdischen hohen Gewölben unterhalb des Klosters. Riesige Gitterkäfige, in muffigen feuchten Wänden fest verankert, verschlangen die gepeinigten Menschen der Hoheiten des Landes. Märtyrer der Kirchenfürsten versteckten ihre Schmach der Demütigungen in dem Echo des Widerhalls ihrer Tränen, die lautlos in die stille Nacht ihr Leid den Ebenen des Ewigen Vaters übergaben.

Meine Kreuzigung enthob Mich in Jerusalem dem irdischen Körper in die Ewige Seele Meines Vaters und das Lichtkreuz Meiner Auferstehung leuchtete in das dunkle Gewölbe dieser Menschen.

Joseph von Arimathäa berührte sanft das Lichtkreuz Meiner Liebe und segnete die ausgemergelten Körper mit dem Funkeln Meiner Liebe. Staunend erhoben sich die Menschen in den Käfigen blinden Hasses und sahen die Liebe der Ewigkeit. Behutsam formte das Licht des Kreuzes den Ring der Ewigkeit auf die dunklen bitteren Wände und eröffnete die sieben Stufen der Weisheit Gottes.

Vergebung spülte die Last der Vergeltung in die Wasser des Lebens und kristallklare Tränen perlten Reinheit an die Ufer der Glückseligkeit. Langsam öffnete eine Perle der Wehmut den inneren Schlüssel zum Tor der Göttlichkeit und in blendendes weißes Licht gehüllt nahm Ich die Vergebung aus der Göttlichkeit der Seelen entgegen und löschte die Schuld in dem Altar des Friedens.

Mein Sohn rieb die Essenz der Liebe, gefüllt in die Kostbarkeit lindernder Öle, in die Wunden der Gefangenen.

Knirschend gaben die eisernen Tore des Gefängnisses den Blick in die atemberaubende Frische des blauen Himmels frei und die Süße weiser Vergebung umfloß die steinernen Mauern im zaghaften Licht des anbrechenden Morgens. Lächelnd übergab der Mond der Sonne die Obhut der noch ungläubig Staunenden. Galahad, Mein Sohn, und Joseph von Arimathäa brachten die Erschöpften der Grausamkeiten auf die lichte Anhöhe einer am Waldesrand liegenden Wiese.

Ein Korb aus Weidengeflecht schützte einen goldenen Kelch, aus dem ein unendlicher Sog unwiderstehlicher Reinheit klarster Liebe entströmte. Begrenzungen der Bewußtsein sprengten den Rahmen der Faßbarkeiten und speisten den Geist der Unendlichkeit in das Geheimnis der Pyramide der Liebe, die ewige Wohnstätte des Heiligen Grals.

Unverkennbarer Geist Meiner Liebe durchflutete die Anhöhe des Berges und tauchte die Menschen in regenbogenfarbenes wärmendes Licht der Unendlichkeit. Joseph von Arimathäa sprach zu diesen Menschen in Meinem Auftrag der allumfassenden Liebe und verkündete die Philosophie Meiner Lehre Meiner Liebe.

Leise senkte sich erquickende Stille über die Täler und himmlische Harfen wehten Klänge verzauberter Silbrigkeit. Golden taucht aus dem Nichts ein Strahl überirdischer Reinheit und spiegelt Facetten jenseitiger Hingabe in die Offenbarungen der Liebe. Die Heiler Gottes entsteigen der Pyramide der Liebe, die schwebend den Hügel hinaufgleitet. Lichtvolle hohe Gestalten beugen sich liebend über die gequälten Menschen und unendlich weit trägt die Schwingung des gesungenen Heiles die Botschaft des Friedens in das Innere des Landes.

*

Majestätisch ruht der Blick der Königin auf ihrem knienden Untertan und herrschsüchtig irren die unruhigen Augen im Saal umher. Unheilvolle Zornesfalten betonen die Grausamkeit des schmalen Mundes.

"Wer ist Galahad und wer ist Joseph von Arimathäa", so zischten ihre Mundwinkel die übelspeiende Frage.

Mit bangem Herzen antwortete der Knieende: "Galahad ist ein großwüchsiger, blonder junger Mann mit irisierenden grünen Augen unendlicher Güte. Die Menschen sind gebannt von den Worten, die aus seinem und aus dem Munde Joseph von Arimathäas fließen. Wie Honig saugen sie die Neuigkeiten aus fernen Landen ein und lehnen sich gegen die Herrschaft des Königshauses und deren Kirchenvertretern auf."

Nachdenklich erinnert er sich an die Bischöfe der anglikanischen Kirche, deren Reichtum das Volk bis auf den letzten Tropfen Blut aussaugten.

“Sie untergraben die Willigkeit der Bauern, ihren Zehnt abzugeben und stellen Forderungen an ihre Herren. So etwas hat es noch nie gegeben und Unmut breitet sich unter dem Volke aus.”

“Galahad”, mit diesem Namen spie sie den giftigen Speichel ihrer todbringenden Rachsucht aus.

Einige Jahre zuvor hatte England die Kunde von dem Mann, der am Kreuz gestorben ist, bekommen. Die Propheten des Landes berauschten sich an der Weissagung des Gottessohnes und Erleuchtete besangen das Licht der Welt.

*

Galahad und Joseph von Arimathäa beteten, so wie Ich, Jesus Christus, sie es gelehrt hatte. Still schaute Galahad sehnsuchtsvoll in den silbrigen Himmel, Meine Ankunft erhoffend. Außergewöhnlich berührte ihn die Verwobenheit in diese eine Liebe. Kreisrund öffnete sich sein drittes Auge in die Dimension der Seligkeit und sanft glitt Meine Silhouette ihm entgegen. Lichttropfen der Liebe aus Meinem Geist füllten seinen Geist und Erhabenheit durchglühte den Körper Meines Sohnes. Strahlend umhüllten ihn die Auren der Weisheit und demütige Ruhe beugte seine Knie und glücklich sank er in Meine weit geöffneten Arme.

Dem Irdischen enthoben versanken die Wälder an der Südküste Englands in den Tiefen der Meere und Kostbarkeiten flirrender Gesänge liebkosten die murmelnden Bäche und zart wehende goldene Blätter schillern sprühende Tänze in der samtenen Luft.

Duftende Harze speisen die Auferstehung der irdischen Seelen hinaus in die Unendlichkeit, dem Ruf des Schöpfers folgend. Smaragdene Stille zieht den Sog der Liebe in ihren Bann und berührt bewegende Schwingungen unwiderstehlicher Nähe der Ewigen Liebe.

In dieser geborgenen Liebe löst sich Mein Sohn Galahad aus Meinen Armen und schwerelos nehmen die Wälder und die Meere wieder ihre irdischen Plätze ein. Ein weißer Lichtstrahl erinnert an Meine Anwesenheit und ein Hauch der Ewigkeit küßt Meine Liebe in das Haar Meines Sohnes.

Joseph von Arimathäa und Galahad erhoben sich schweigend aus dem Gebet der Liebe und schlugen den Weg nach Südosten ein. Rauhe Winde zerzausten die langen wehenden Haare und ein ohnmächtiger Schrei silberner Möwen klang lange nach.

*

Ein kleines Dorf, aus grünbraunen Steinen erbaut, lag auf der Anhöhe im nebligen Vorhang aufsteigender Feuchtigkeit und rauchende Kamine lockten einladend zu einer Mahlzeit mit Brot und Speck.

Argwöhnisch betrachtete die alte Frau die beiden Ankömmlinge hinter noch zugehaltener Türe. Ein kleiner gelber Vogel zwitscherte aufgeregt in höchster Lieblichkeit und die alte Frau schien die Bedeutung zu verstehen. Wohlig warm öffnete sich die Türe in die Behaglichkeit eines offenen Feuers und knusprige Scheiben frisch gebratenen Specks hüllten den Raum in wohlriechende Appetitlichkeit.

Tiefblaue kristallklare Reinheit löste die Ängste der alten Frau auf in die hoffnungsvolle Gewißheit innigster Liebe, geborgen aus den Augen Josef von Arimathäas.

“Man nennt mich Gayla”, so sprach die alte Frau und zeigte mit knochigen Fingern auf zwei Schemel in der Nähe des

Herdes. Eine große, kreuzförmige Narbe zerteilte ihre Stirne, die unter grauen Haarsträhnen hervorschimmerte.

Durch die Hitze des Herdes verfärbte sich die Narbe blutrot und sie füllte zwei Teller mit Speck und legte Brot dazu. Heißer Tee kräuselte die Erwartung dampfend in das Gemisch aus Speck und Brot und voller Dankbarkeit aßen Mein Sohn und Joseph von Arimathäa die dargebotene Mahlzeit. Schweigend verweilten wir eine Weile in der Wärme des Feuers und leise sprechend erhob sich Joseph von Arimathäa um den Grund ihrer Reise zu erklären.

"Galahad und ich reisen die Küste Englands entlang, das Wort der Liebe zu bringen", so sprach er, "denn ich war Zeuge der Liebe und der Auferstehung im fernen Judäa und ich bin über die Meere gekommen, um den Menschen in fremden Landen davon Zeugnis abzulegen, die gewillt sind zuzuhören."

Lange erzählte er von dem Leben an Meiner Seite, von der Lehre Meiner Liebe und auch hier, in dem kleinen Dörfchen an der Küste Englands, fanden wir die Grausamkeiten dunkler Machenschaften vor.

Der Keim des Bösen zerstörte unermüdlich die erschöpften Seelen und forderten den Tribut des Hasses. Unterdrückte Frauen lebten schweigend im Rinnsal kläglicher Grausamkeiten und Leibeigene der rohen Männer verzagten in der Stille der Erbarmungslosigkeit. Kinder mit gebrochenen Seelen dienten der Unterwürfigkeit des Blendwerkes unendlicher Habsucht.

Unfaßbar bestaunte die alte Frau die Erzählungen von Joseph von Arimathäa und Galahad berichtete von Mir, Seinem Vater, von der Unendlichkeit Meiner Liebe und der Schönheit Meiner Worte und dem Leben in dieser Liebe.

Aufgeregt erzählte Gayla von einer kleinen Kapelle, die tief im Wald gelegen, umgeben von uralten Eichen, geheimnisvolle Dinge beherbergen würde und sie schlug eine alte, ausgefranste wollene Decke um ihre schmalen Schultern und führte uns hinauf in die Abgeschiedenheit der versteckten Kapelle.

Grelles Licht traf uns unvorbereitet und blendete unsere Augen eine Zeitlang. Ein ovaler Spiegel glühte in facettenreichen züngelnden Lichtpunkten zahlreicher Kerzen über dem Altar in der Mitte des kargen Raumes. Zwölf gebeugte Gestalten priesen die Herrlichkeit Gottes und ein gleichbleibender Ton drang wohltuend aus ihren Kehlen.

Mosaikförmige Steinfliesen führten hinab in eine tiefergelegene Grotte unterhalb der Kapelle, in die die alte Frau euch leitete.

In tiefer Versunkenheit ruhte ein betender Mönch in stiller Anbetung in der Weite des Horizonts und gläsernes Licht umhüllte sein wunderschönes Antlitz. Schweigend knieten sich Joseph von Arimathäa und Galahad in den Horizont der Liebe und ergriffen blieb die alte Frau etwas abseits stehen.

Simon von Ortwein kehrte zurück aus der Ferne der Horizonte und inniges Lächeln umschloß die beiden Knieenden. Liebevoll verbanden sich die Seelen der Männer in dem Ring der Ewigen Liebe aus dem Geiste Gottes.

Aus den tiefen Taschen des Gewandes Joseph von Arimathäas leuchtete der Heilige Gral in unendlicher Reinheit der Liebe.

Ehrfürchtig zitterten die Hände Simons von Ortwein und bewegt küßte er das Gefäß der Liebe.

"Gesegnet seid Ihr, die Ihr zu mir gefunden habt", so sprach Simon von Ortwein zu Joseph von Arimathäa und Galahad, und verlegen trat er zu der alten Frau, die wartend in der Stille der Dunkelheit verharrte.

Galahad umarmte sie dankend und Joseph von Arimathäa ging mit ihr zurück in die Hütte des Erwachens.

Durch einen unterirdischen Gang erreichten Galahad und Simon ein angrenzendes Kloster, gelegen auf einem felsigen Vorsprung tief herabfallender Klippen. Leicht stieg die Erinnerung an Südfrankreich in Galahad auf und wehmütig dachte er an seine Kindheit dort zurück. Gerüche feinster Öle und mit Kräuter gefüllte Leinensäckchen vermischten sich mit der zarten Liebe seiner Mutter, Maria Magdalena, und die ersten Gehversuche seiner kleinen Schwester Eleanore verschwammen in die Ferne Südfrankreichs. Sein drittes Auge öffnete sich weit und er erblickte die Süße seiner kleinen Schwester in den Bergen von Sainte Baume. Ein

Hauch Glückseligkeit brachte die Botschaft seiner Liebe und der Wald unterhalb der Grotte antwortete im Rauschen seiner Wipfel. Eleanore hielt eine Weile lächelnd inne, in dem Bewußtsein der Liebe ihres Bruders.

Zwergwüchsige Devas bewegten geschickt die Trommeln der Leichtigkeit über die Horizonte und ihr Singen brach sich im Echo der Wellen Englands.

*

Simon und Galahad verließen über eine Südtreppe die Klostergänge und erreichten den angrenzenden Wald. Dichtes Laub spiegelte den Atem der Sonne in hauchfeinen Strahlen der Mutter Erde entgegen und wärmende Tropfen morgendlichen Taus benetzten die Gesichter der beiden Männer.

Simon sprach zu Galahad: "Deine Ankunft ist mir überbracht von der Botin des Herrn. Sie selbst erschien in einem goldenglänzenden fließenden Kleid unbeschreiblicher Schönheit und vertraute Dich mir an."

"So soll es geschehen, daß Du unterrichtet wirst in den irdischen Mysterien, gespeist aus den jenseitigen Mysterien, die Dein Vater, Jesus Christus, Dir vermacht hat. Dein Erbe ist der Schatz der Liebe und der Weg des Überbringens dieser Liebe ist steinig", und Simon blickte nachdenklich in die Zukunft.

“Seit alters her sind die Steine unsere Verbündeten und enthalten alle Weisheiten aller Zeiten, aus dem Diesseits und aus dem Jenseits. Steine sind die Hüter der Mysterien und sprechen oder schweigen, für die Wissenden oder Unwissenden. Verschlossen geben sie Rätsel auf für die Unwissenden, geöffnet sind sie ein Buch der Weisheit für die Wissenden. So entscheidet der Stein der Weisen über die Weitergabe des Wissens. Die Wissenden bewegen die Steine mit ihrer Gedankenkraft in die Ausrichtung der Weisheit und hinterlassen das Symbol der Unendlichkeit.”

Im alten Eichenhain erwachte der Morgen in die Schönheit der Schöpfung und die Sonne wanderte dem Mittelpunkt des Tages entgegen.

“Mein Vater lehrte mich, das Brot zu teilen und den Wein”, so sprach Galahad zu Simon. “Ich teile das Brot mit Dir, Simon, im Gedenken an meinen Vater”, das Brot ist das Symbol der Lehre der Liebe, die mein Vater den Menschen brachte. Dieses Brot macht alle Menschen satt und ist geschaffen in der Ewigkeit. Die Ewigkeit ist der Sauerteig der Lehre der Liebe. Viele Menschen essen von dem Brot der Liebe, viele

Menschen verweigern ihren Mitmenschen die Nahrung des Lebens."

Die Sonne teilte sich durch Meinen weißen Lichtstrahl, den Ich, Jesus Christus, zur Erde sandte, zu nähren das gebrochene Brot in Meiner Liebe. Simon hielt staunend das Brot in den Händen, dessen Substanz gleich schien, jedoch strömte eine übermächtige Kraft in die Hände und durch die Gliedmaßen seines Körpers und sanft enthob sich sein Geist hoch in die Sphäre des Segens, der in der allmächtigen Ewigen Liebe ruht. Eine Zeitlang blieb er verbunden in der Schönheit dieses Momentes Ewigkeit und behutsam führten ihn Engelwesen in die Wirklichkeit des Eichenhains zurück. Goldene Strahlen des Segens der Göttlichkeit flossen in einem nicht enden wollenden Strom aus seinen Händen den Menschen entgegen, die seiner Heilkraft bedurften. Lächelnd verbeugte sich Galahad in der Demut seines Vaters vor Simon und beide gingen zurück in den Abendhimmel des Klosters.

*

Am nächsten Morgen brachen beide frühzeitig auf, den Weg nach Glastonbury anzutreten. Viele Monate lagen vor ihnen, beschwerliche und abenteuerliche Reise in das Land der Priester und Priesterinnen, die auf ihre Ankunft warteten.

Mißachtend schielten die Priester auf die Priesterinnen, deren Gelöbnis der Liebe in den Mysterienschulen, Bande des Unmuts um den Hochmut des irdischen Glanzes uneingeschränkter Herrschaft schlang. Meine Lehre der Gleichheit in Meiner Liebe tränkte ihre Herzen in die Eitelkeit der Hierarchie der Unterdrückung. Macht und Machtgier lösten die Bande der Liebe auf in die Unterdrückung allen Seins und aller Gerechtigkeit. Die Schule des Geistes, die Ich lehrte, fiel in die Hände, die blutige Schwerter führten und die Schule des Kampfes eröffnete der Schule der Liebe den Krieg.

Meine Frau, Maria Magdalena, schrieb das Buch der Weisheit Meiner Lehre auf, das in Judäa in Ton gehüllt, der

Offenbarung entgegenfieberte. Die Kenntnis von diesem Buch löste eine Feuersbrunst aus, die einzigartigen Dokumente Meines Reiches zu vernichten. Das Blut dieser Menschen stieg in einer schwarzroten Feuerfontäne auf und speicherte die Mahnmahle der Hysterie grenzenloser Sinnlosigkeit in den Sphären des Kosmos, die mit jeder Wiedergeburt an die Auflösung erinnert.

Die Schreckensherrschaft, die sich Meines Namens bediente, mißachtete die Achtung, blinder Haß und Verfolgung verschmähten die Liebe und die Gleichheit der Geschlechter, die das Geburtsrecht aus den Händen des Vaters ist, versank in blutigem Gemetzel tollwütiger Herrscher.

So, wie Herodes alle Kinder tötete, so vernichtete man alle Dokumente, die an Meine Lehre erinnerte. Die Offenbarungen Meines Geistes, die Bücher der Weisheit, sind festgeschrieben in den Gesetzen der Ewigen Weisheit, die unzerstörbar ist. Diese Offenbarungen sind aufgefangen in dem Heiligen Gral, der aus Meinem Blut gespeist ist. Mein Blut ist für euch hingegeben worden, damit die Offenbarungen der Weisheit aus Meinem Geiste unwiderruflich im Reich des Diesseitigen bewahrt werden.

In den folgenden 2000 Jahren gab es keine Religion, die den Frieden brachte. Die einzige Religion des Friedens ist Liebe. Diese Liebe gab Ich, Jesus Christus, Euch und ist der Grundstock allen Seins.

Diesen Grundstock trug Galahad, Mein Sohn, den Menschen in England entgegen. Mein klarer Auftrag an die Religion war der Frieden unter den Menschen in der Liebe des Vaters.

2. Kapitel

Glastonbury

Friedlich schlängelte sich ein kleiner Fluß silbrig um das Wurzelwerk tiefstehender Weiden. Versonnen und nachdenklich betrachtet Simon einen grünlichschimmernden, runden Stein. Erinnerungen an längstvergessene, wehmütige Begebenheiten ziehen an ihm vorüber und mit einem Ruck springt er anmutig und leicht über den Fluß.

Auf der anderen Seite führte ein Weg durch dickes Gestrüpp einen kleinen Berg hinauf, der hinter einer Wegbiegung den Blick auf eine alte Hütte aus Lehm freigab. Rundliche kleine Türme lagen in weiter Ferne auf samtschimmernden Wiesen und ein Schwarm weißer Vögel nahm Besitz von den Horizonten eines tiefblauen Himmels.

Üppige Körbe mit roten Äpfeln standen vor der Hütte und der Geruch von Süße umhüllte die Sinne. Glutrot färbte die Sonne die Silhouette der Hütte und rotgoldenes, weiches geflochtenes Haar zierte ein junges Mädchen im Schein der Sonne. Simon setzte sich zu ihr.

Lächelnd begrüßte sie den alten Freund aus Kindertagen. Sie füllte würzigen Tee in einen Krug, den sie Simon reichte.

“Wie schön, Dich zu sehen, Simon,” sprach sie.

Verlegenheit zauberte eine sanfte Röte über ihr Gesicht und sie schüttelte ihren Kopf angemessen in das Warten ihrer liebenden Seele. Ein Schauer der Zärtlichkeit rieselte in ihr Herz und hob die Schleier der Erinnerung in die Wahrnehmung unendlicher Reinheit seines göttlichen Funkens.

“Die Mondin überbrachte mir die Botschaft Deiner Ankunft und sie gab mir diesen grünen Stein für Dich.”

“Es ist ein funkelnder Smaragd von dem Altar der Liebe, aufbewahrt im seidenen Tuch der Erfüllung. Dieser Stein weist Dich aus, als den, der Du bist.”

“Die Mondin wird Dir den Weg weisen, den Du zu gehen hast. Galahad steht unter ihrem Schutz und wenn der Mond sich füllt, wird er hier sein.”

Simon glitt von der Bank in die anbrechende Dunkelheit der Nacht und schwebend entfernte er sich hinab in das Tal in die schützenden Arme der alten Weide am Fluß. Sanft rundete sich der Mond in die Fülle der Vollkommenheit und leise Schritte kündigten Galahad und Joseph von Arimathäa an.

Geführt von dem Licht der Mondin begriffen die Männer die Weisheit der Nacht. Taghell bewahrte das Licht der Nacht den Schimmer der Mondin, die in ein Kleid aus grünen Smaragden gehüllt, die Ebene des Wissens offenbarte.

Zarte, gläserne Glöckchen flochten ihr fließendes goldenes Haar in einen Bogen verträumter Lieblichkeit und verloren sich in den Wohlklängen filigraner Engelsharfen. Schwebende Goldtropfen spannen ein hauchfeines Netz in die seidige Fülle üppiger Schönheit und kaum wahrnehmbar hüllte der Duft von Lotus die ruhenden Männer ein.

Aus dem glitzernden Grün stieg ein Stern der Unendlichkeit auf in die Pyramide der Liebe und verband den Geist der Männer mit dem Geist der Liebe.

Am Ufer des Horizontes sang ein kleiner gelber Vogel die Verlorenheit der Nacht in den aufsteigenden wärmenden Morgen und mit raschen Schritten gingen die drei Männer durch das Tor nach Glastonbury. Das steinige Pflaster unter ihren Füßen erzählte die Melodie des Todes, die zu dem Turm der Gottlosen führte. Klagende, unmenschliche Töne drangen aus den Tiefen der gepeinigten Menschen hinauf in die Seelen der Barmherzigkeit.

Die Fürsten von Glastonbury entledigten sich ihrer Dienstboten nach dem Gesetz der Wehrlosigkeit. Je wehrloser die Opfer, je rüder die Grausamkeiten. Frauen und Kinder waren wehrlos und wertlos in den Augen der Herrlichkeiten der Machtgier. Sinnlose Opfertode und rituelle Handlungen verachteten die Menschenwürde und gereichte zum Zeitvertrieb hemmungsloser Schlächter.

In dieser Zeit verbreitete sich die Lehre Meiner Liebe und teilte die Gewissen in Haß und Liebe. Meine Lehre erhöhte den Zauber magischer Schulen und den Widerstand der Machthaber. Undenkbar schien die Gleichheit von Frau und Mann, undenkbar schien die Achtung des Menschen.

Zerstörerische Gewalten beargwöhnten die drei fremden Männer, die sanfte Töne der Liebe zum Heil der Menschen erklärten.

Joseph von Arimathäa sprach zu der versammelten weißen Bruderschaft: "Ich war Zeuge des Todes unseres Meisters Jesus Christus und ich war Zeuge der Auferstehung. Sein Geist formte die Materie des Fleisches in das Lichtkreuz der Hoffnung. Die Transformation des Todes in die Auferstehung vollzog sich im Geiste der Liebe. Liebend schloß ER Seine Augen, die Liebe Seines Blutes floß in den Kelch der Liebe, der unter Seinem Kreuz stand und die Tränen der Magdalena, die Weisheit, vermischten sich in dem Heiligen Gral zur Substanz des Ewigen Lebens. So trägt der Heilige Gral das Ewige Leben und ist das Gesetz der Liebe. Alle Botschaften der Liebe sind darin vereinigt und unzerstörbare Hoffnung."

Galahad öffnete die Tücher, die den Heiligen Gral verhüllten, und würdevoll trug er ihn in die Mitte des runden Raumes. Als er den Boden berührte strömte eine übermächtige Kraft aus der inneren Schale und eine unsagbare Stille unendlicher Güte verschmolz die Seelen der Anwesenden in eine untrennbare Einheit vollkommener Liebe. Unauslöschlich berührt, verband die Liebe des Heiligen Grals die Herzen derer, die den Bann des Heiligen Grals spüren durften.

Und Ich, Jesus Christus, erschien im Lichtkleid der Liebe aus der Unendlichkeit und versiegelte die Silberfäden der Weißen Bruderschaft in der Liebe des Heiligen Grals, die Mein weißer Strahl sanft umhüllte. Ungläubig staunend kamen die Anwesenden zu Mir, Jesus Christus, und lächelnd zeigte Ich ihnen die Mahnmahle der Vergangenheit Meines Kreuzestodes.

So zeigte Ich ihnen die Mahnmahle des Kreuzestodes und Ich zeigte ihnen die Auferstehung des Geistes aus dem Tod des Fleisches.

Bewegt hörten sie Meine Worte der Lieblichkeit und bewegt knieten sie in Demut vor dem Schöpfer dieser alleinen Liebe und segnend erhob Ich Meine Hände, die den Glanz des Vaters schimmernd auf die gesenkten Häupter legte.

Aus diesem Lichtkreis innigster Liebe enthob Mich Mein Vater dem Gesichtsfeld der Knieenden, hinauf in die Unendlichkeit Ewigen Seins.

Kostbar leuchtete die Stille dieses Augenblickes eine Ewigkeit.

Zwei besonders ausgebildeten Männern erteilte Ich die Erlaubnis, den Heiligen Gral mit in einen angrenzenden Raum zu nehmen. Dort ließen sie sich auf weichen Sitzkissen nieder und öffneten die Hände zu Klangschalen Meiner Liebe. Im innersten Zentrum ihres Seins bewegten sich die Bilder Meiner Lehre und Meines Wirkens in Judäa, gemischt aus dem Blut der Liebe und den Tränen der Weisheit. Über viele Monate hinweg schrieben sie die Philosophie Meiner Lehre nieder, damit den Menschen ein Lehrbuch geschaffen wurde, zum Verständnis und Gebrauch.

Dieses Lehrbuch liegt bis heute verdeckt an einem geheimen Ort, der kostbarste aller Schätze, verborgen und nie gefunden.

Liebevoll hüteten die Priesterinnen und Priester der Bruderschaft diesen Schatz. Sechs Kopien dieses Buches wurden angefertigt und dienten dem Unterricht in besonderen Schulen des Geistes.

In diesen Schulen des Geistes bewahrten drei Äbtissinnen und drei Äbte die Bücher auf. Hier wurden Eltern und Kinder unterrichtet in der Lehre der Liebe.

Die erste Schule der Magie des Geistes befand sich in Glastonbury und verschwand in den dunklen Gewölben alter Katakomben. Flackernde Lichter wiesen den Weg hinunter in das fahle Licht.

Joseph von Arimathäa saß an einem hölzernen Tisch. Funkelnd sprühten seine Augen in dem Licht der Liebe. Würdevoll begegneten sich die Menschen, bereit, das Wort der Liebe zu hören. Faszinierend erzählte Joseph von

Arimathäa von den gemeinsamen Wanderungen mit Mir, Jesus Christus, und der Einfachheit Meiner Lehren.

Spione der geistlichen Hierarchie mengten sich unter die Lernenden, getarnt, das Wunder der Liebe zu zerreißen. Ohnmächtige Verderbtheit schlängelte das Gift des Bösen geschickt in die Bahnen menschlichen Denkens. Die Magie des Geistes teilte sich in hell und dunkel.

*

Galahad liebkoste die Blätter der Weisheit mit seinen Augen und das Vermächtnis Meiner Lehre lag versiegelt in den Händen der Weisheit. Seine Hände waren erfüllt mit Meiner Liebe und unsagbares Glück brachte er den Menschen, die mit ihm zusammenkamen.

Geschmeidig wie eine Katze bewegte er sich in den Gärten des Friedens, die das große Kloster umgaben. Weiße Rosen rankten über das Mauerwerk und ergossen sich in üppiger Vielfalt auf einen Teppich aus Moos. Er kam zu einer alten Gartenbank, an der er ungestört seinen Gedanken nachgehen konnte. Lächelnd schlief er eine Weile ein und seine Seele kehrte zurück in die Wälder der Provence, dort wo seine Mutter und seine Schwester viele kranke Menschen versorgten. Er erinnerte den Geruch der vielen Kräuter, die Balsame und das Raunen des Windes über den Bergen. Seine Ohren vernahmen das Echo der Liebe, gesungen von den Engeln der Reinheit, die Kraft des weißen Strahles, die Mich, Jesus Christus, zu ihm brachte.

Und so er dort ruhte, nahm Ich seine Seele mit in die Pyramide der Liebe, die Nähe des Vaters zu kosten. Am Ufer der Glückseligkeit öffneten sich die Lotusblätter und wir tauchten ein in die Dimension der höchsten Glückseligkeit. Innig weilten wir in der Quelle allen Seins, erfüllten uns mit der Ewigen Liebe und in dankbarer Demut atmeten wir den Vater.

Belebt brachte Ich, Jesus Christus, Dich, Meinen Sohn zurück in den ruhenden Körper und das Einssein mit dem Vater und Mir erstrahlte golden in den Seelenkörpern seines Seins.

Lachend kamen die ihm anvertrauten Kinder zu dem Nachmittagsunterricht und selig schmiegten sie sich in die Liebe seiner Anwesenheit um die Kostbarkeit seiner Nähe zu trinken.

Er lehrte sie die Naturgesetze zu achten und stundenlang zeigte er ihnen in den angrenzenden Wäldern und Wiesen die Schönheit der Schöpfung. Ihr Geist richtete sich aus auf die Saat, die gesät wurde in dem Wissen der reichhaltigen Ernte.

Liebe war die Saat, Liebe zu den Pflanzen, Liebe zu den Tieren und Liebe zu den Menschen.

Die Urliebe in ihnen war der Vater, der ihnen alles dieses schenkte und ihre kleinen Herzen liebten inbrünstig alles von dem Vater geschaffene und sie hörten Seine lobenden Worte. Sie lernten die Liebe zu den Schönheiten der Schöpfung, sie lernten die Liebe zu den Feinden der Schönheiten der Schöpfung.

Diese Liebe zum Feind der Schöpfung erhöhte ihre eigene Liebe um ein Vielfaches und ließ sie teilhaben an der Krönung der Schöpfung. Sie schenkten sich ganz dem Universum und ihre Liebe hüllte die Menschen des Unfriedens ein in die Macht der Unendlichkeit der Liebe.

Diese kleinen Seelen in den heranwachsenden Körpern erwachten in aller Schönheit und ihre Ausrichtung war ausschließlich dieser feinen, erschaffenden Liebe geweiht. So erschufen sie in ihren Bewußtsein das Saatgut, das ausgesät wurde, zu dienen den Menschen. Ihre Bewußtsein formten die Wege ihres Lebens und bestimmten ihren Rhythmus des

Kommens und Gehens, der Nähe und Weite, der Liebe und Wiederliebe.

Weiche Strahlen der Unendlichkeit fielen in gnadenreichen Bahnen in ihren Geist, und biegsam formten die Energien der aussendenden Liebe alles Erschaffende.

Im Kreis der Liebe saßen sie im Lotus der Seele unter den weißen Bögen der wohlriechenden Rosen. Galahad öffnete seine Hände zu Klangschalen empfangender Energie und schloß seine Augen. Ihm gleich saßen seine Schülerinnen und Schüler und ein goldener Kreis innigster Geborgenheit verzauberte die weit geöffneten Hände aller im Lotussitz Ruhenden.

Ein Hauch Meines Atems speiste die Hände in die Erhabenheit Meiner Anwesenheit und verband sie in der Ewigkeit allen Seins. Die Gewißheit Meiner Liebe machte sie schweben und leicht lösten sie sich aus der Verbundenheit der Erde in die Leichtigkeit des Kosmos.

Und gemeinsam wanderten sie die sieben Stufen der Weisheit Gottes hinauf, erkannten die Sorgen ihrer Mitmenschen, lösten die Verbindungen und knüpften die Weisheit der Liebe in den Geist der Menschen.

So wuchsen sie auf in der Heilkraft Gottes, mit dem festen Auftrag dieser Heilkraft in sich. Der Samen ihrer Gedanken manifestierte die Heilkraft der Ewigen Liebe unerschütterlich in der Reinheit ihrer Seelen.

Dieses Fundament ließ Galahad zurück, als er das Kloster in Glastonbury verließ um nach Schottland zu gehen.

3. Kapitel
Schottland

Galahads Pferd bäumt sich auf im Sturm des wolkenbruchartigen Regens. Erbarmungslos fließen aufgewühlte schlammige Erdmassen den Berg hinunter. Die Hufe des Pferdes verlieren sich wie im Treibsand der Wüste und Galahad flüstert ihm beruhigende Worte der Liebe in das aufgelöste Sein. Beruhigt antwortet er seinem Herrn und sein Instinkt führt ihn sicher den steilen Pfad hinauf, auf den Gipfel des Berges. Eine traumhafte Weite ahnt hinter den düsteren Wolken die Schönheit Edinburghs.

Hell erleuchtet ragt ein herrschaftliches Haus in die Dunkelheit der Wolken und ein Klopfen an der eichenen Tür bereitet ihm Einlaß. Ein Dienstbote bedeutet ihm, auf einem Sessel Platz zu nehmen und entfernt sich, die Botschaft seiner Ankunft kundzutun.

Neugierige, helle Augen heißen ihn liebevoll willkommen und lächeln das sanfte Lächeln unergründlicher tiefer Liebe aus der Seele der Ewigkeit.

“Ich bringe Dir das Buch der Weisheit der Liebe, so wie mir Mein Vater aufgetragen hat,” so sprach Galahad und wickelte die Kostbarkeit allen Seins aus dem Schutz des gegerbten Leders, das er an seinem Körper aufbewahrte. Galahads samtgrüne Augen leuchteten bei der Berührung des Buches und seine Liebe entströmte seinen Händen.

Margret, die Landlady, kam einen ehrwürdigen Schritt auf Galahad zu und ihre Augen ruhten auf dem ihr angekündigten Buch. Mein Sohn küßte seine Fingerspitzen in der Demut seines Wissens und aller Ehrerbietung und berührte leicht die Fingerspitzen Margrets, die das Siegel der Offenbarungen durch die Heiligung dieses Moments ergriffen öffnete.

In der Ferne der Horizonte berührten alle Engel der Offenbarungen die Glückseligkeit des Verstehens und erfüllten die schwingenden Wellen filigraner Fäden seliger Hingabe in diesen Moment.

Der Geist unendlicher Weisheit senkte sich hinab in die Krone dieser beiden Menschen und verband ihre Liebe in der Heimat ihrer Seelen. Ein übermächtiges Band tiefer Erhabenheit umschlang den Gleichklang ihrer Seelen und bereitete Mir, Jesus Christus, die Freude ihrer Belehrungen.

*

An der Grenze zu Schottland lagerten die Spione der Königin von England und warteten auf das Zeichen der Vernichtung. Eine rote Fahne bemaß die Länge des Lebens in der Vorsehung des gewobenen giftigen Spinnennetzes der Intrigen des königlichen Hofes. Quälende Tage endlosen Wartens machten die Männer des Hofes unruhig. Unerbittlich senkten sich ihre Schwerter in die Körper, die die rote Fahne zur Verdammnis bestimmt hatte. Wild flackerte die Unruhe dunkler Gemüter in ihren Augen und verdrossen nährten sie den Haß ihrer Seelen.

Die Kerzen in dem rauchigen Wirtshaus brannten herunter und die Stunde der Mitternacht war längst überschritten, als der Späher der Männer zurückkam. Rot glühte die Fahne des Blutes in seinen Händen und gierig spülte er den Geschmack des Todes mit herbem Wein von seiner törichten Zunge.

“Schon morgen brechen wir auf”, so sprach er, “ich habe ihn gefunden.”

“Galahad wird mit diesem Schwert getötet werden, so wünscht es die Hierarchie der Priester und die Königin wird entlohnt in der Pracht des Goldes. Dieses Gold wird unter uns verteilt werden und der Ruhm unserer Taten erhebt uns in den Stand des Adels.”

Die Fässer mit Wein waren leer und die Blicke der Männer nahmen den Glanz des imaginäres Goldes wahr. Gekrönte Häupter lagen im Sud ihres eigenen Schmutzes und warteten auf den anbrechenden Morgen ihrer heldenreichen Taten.

*

Joseph von Arimathäa segnete die schlafenden Männer und ritt dem Berg von Edinburgh entgegen, Galahad den Mächten der Finsternis zu entreißen.

Glücklich umarmte Galahad Joseph von Arimathäa und Margret führte die beiden Männer zu einem unterirdischen Gang, der sie zu der Steilküste des Meeres brachte.

Unruhig wartete ein kleines Boot im versteckten Dickicht einer uneinsehbaren Bucht und mit kräftigen Schlägen zerteilten sie die Wasser des Unmuts in die heiligenden Wogen der Liebe.

Die Ruder der Liebe nährten sich aus der Anwesenheit des Heiligen Grals und strömten dem Land der Hoffnung entgegen.

Margret sah lächelnd der Ankunft der wilden Männer entgegen, die, ihres Adelstitels enthoben, wütend die Schwerter in die Erde bohrten.

Voller Liebe drückte sie das Buch der Weisheit, aus dem Blut des Heiligen Grals, an sich, und sie nahm den Unterricht der Menschen, die zu ihr geführt wurden, wieder auf. Ihr Vermächtnis der Liebe ist bis heute bewahrt in den Schatzkammern Englands.

Die Männer der Königin verloren jede Spur von Galahad, und er und Joseph von Arimathäa konnten ungehindert die vier Bücher der Weisheit und Liebe den Menschen bringen, für die sie bestimmt waren.

Argwöhnisch belagerten die Hächer der Priester das Anwesen von Margret. Aus dem Hinterhalt beobachteten sie die Geschehnisse, bereit die rote Fahne des Todes zu hissen.

Ein Lächeln der Liebe reichte aus, den grausamen Tod einer qualvollen Folterung zu erleiden.

Ein liebevoller Gedanke in Meiner Liebe, ausgesprochen in der Weichheit unendlicher Güte, entfachte den Haß der Priesterschaft und die Verfolgung der Beute der Habgier ruhte erst in der Zerstörung.

Nichts blieb außer der Erinnerung. Unsägliches Leid geschah den Frauen, die Meine Stimme hörten. Unsägliche Qualen erlitten die Menschen, die Mir folgten.

Die Gefügigkeit der Menschen wurde aufgehoben durch den Weitblick in Meiner Liebe, Unabhängigkeit lehnte sich auf gegen die Abhängigkeit der Machthaber, und der Irrsinn der Grausamkeiten war fest verankert in den Gedanken der Machtgierigen.

Meine Lehre macht den Menschen frei und unabhängig, so wie damals, so auch heute ist die Freiheit des Geistes der Schatz der Welt.

Schottland war gespalten in der Lehre der Freiheit und in der Lehre der Abhängigkeit. Kluge Köpfe benutzten die Lehre der

Freiheit und säten das Fundament Meiner Liebe, die Bruderschaft der Liebe.

Die Spinne der Abhängigkeit wob ihre Netze unermüdlich um die Freiheit der Liebe und züngelnde Flammen brannten nieder, was den Keim Meiner Saat in sich trug. Hochmut entfachte die Feuer blindwütiger Wahnsinniger.

Meine Liebe, die der Frieden der Welt ist, wurde geopfert und die Gesetze der Kirchenfürsten verwandelten die Liebe in Haß.

Unbeugsame Härte umschmeichelte heuchlerisch die Wahrheit Meiner Lehre und Mein Name ist beschmutzt.

Die Menschen, die Meine Lehre der Liebe leben, leben in Frieden. Diese Menschen sind Träger Meines Namens.

Die Menschen, die Meine Lehre der Liebe mißbrauchen, leben in Haß und Krieg und mißbrauchen Meinen Namen.

"An ihren Worten werdet ihr sie erkennen," dieses gab Ich, Jesus Christus, Euch mit auf den Weg.

4. Kapitel
Das römische Reich

Der Weg in das römische Reich lag bedrohlich in der Ferne. Galahad und Joseph von Arimathäa lagerten nach der beschwerlichen Reise über das Meer in dem Wald der Grünen Hoffnung. Nach Druidensitte bewegten sie mit ihrem Geist die Gedankenströme in die Richtung ihres nächsten Zieles und kündigten ihre Ankunft an. Weit schwangen die Wellen der Liebe in die Höhle seiner Mutter und voller Freude bereitete sie ihrem Sohn und Joseph von Arimathäa den Weg.

Maria Magdalena sandte den kleinen gelben Vogel, seinen Wegbereiter der Kindheit. Aufgeregt zirpend spannte er die Flügel in das Blau des Himmels. Jubelnd erkannte Galahad den Spielgefährten und laut rufend und jauchzend tanzte er seiner Mutter entgegen. Lächelnd stand Joseph von Arimathäa ein wenig abseits und die Ewige Liebe des Vaters verband die grünen Strahlen.

22 Jahre zählte Galahad und seine Ausbildung in den Mysterien erlaubte ihm die Kunst der weißen Bruderschaft. Tief verwurzeltes Wissen verlieh ihm die Kräfte der Eiche und aus den Tiefen der Wurzeln speiste er seinen Geist und formte seinen Geist in das Astwerk der Eiche, die Verbindung der Weisheit mit der Liebe. Das Innere der Erde offenbarte die Weisheit und verband mit der Liebe des Kosmos.

Liebevoll legte er den Arm um seine Schwester und berührte den Grundstein der Hoffnung der Zukunft. Überschwenglich erzählte er Eleanore von seinen Reisen in die fernen Länder und schilderte die Menschen. Ungläubig bestaunte sie ihren Bruder und Ich, Jesus Christus, hüllte diese Meine Kinder ein in die hoffnungsvolle Liebe des Ewigen Seins.

Meine Quelle bewegte die Diamanten ihrer Seelen und glitzernde Feen schwebten ihren Seelen voran in die Dimension der siebten Stufe der Weisheit Gottes. Transparent lagen die verborgenen Aufträge des Irdischen in der Weisheit der Liebe des Vaters und klar formulierte das Wissen der Seelen die neuen Wege.

Kaiser Augustus saß mit Petrus und Tiberius an einem ovalen Tisch unter weißen Säulen, die, umrankt von Rosen, in goldenes Licht getaucht waren. Schräg warf die Sonne ihre Strahlen in die Gärten des Palastes und Petrus offenbarte die Gründung der Kirchengemeinde zum Gedenken an Mich, Jesus Christus. Er erzählte von den Wundern, die durch Mich geschehen, basierend auf der vertrauenden Liebe zu Gottvater, dessen Sohn Ich bin. Weinend erklärte er die Liebe Meiner Lehre und tief bewegt enthüllte er den Verrat an Mir, Jesus Christus.

Beflügelt von den Worten Petrus erhob sich der Geist des Kaisers in die Lieblichkeit Meiner Lehre und im Schimmer der Feuchtigkeit aufsteigender Nebel nahm er Meine Silhouette wahr. Tiberius trank das Licht Meiner Liebe unersättlich aufsaugend in die tiefsten Tiefen seiner glühenden Seele. Verstehendes Erkennen ließ die Grausamkeiten des Landes in dem Schmerz der Hilflosigkeit versinken. Gnadenlose Demütigung zerstörte die Lehre der Liebe, die aus Meinem Geiste unerschöpflich in den Geist der Menschen floß, die Mir folgten.

Paulus beseelte der Haß der Gnadenlosen und das Messer der Erbarmungslosigkeit glühte feuerheiß in die Zerstörung Meiner Lehre.

Der Klang Meines Namens, Jesus Christus, war der Inbegriff der Liebe, des Verzeihens und der Vergebung und kluge Feldherren baten Petrus um die Erlaubnis, ihre Waffen in dem Namen der Liebe zu segnen, damit kein Unrecht geschehe. Dieser Ursprung beflügelte die Machtbesessenen, Meinen Namen der Liebe auf die Fahnen ihrer Korruptheit zu schreiben und drängten die Lehre der Liebe in den Abgrund des Krieges und der Zerstörung.

Festlich gekleidet empfingen die Kirchenfürsten die Dienstherren des Krieges und tauschten die Silberlinge gegen den Segen der Waffen. Hoch jubelten die kriegerischen Fahnen das Lob Meines Namens und hoch wuchs der Berg der Silberlinge, Meinen Namen verachtend. Mein Name und Meine Lehre der Liebe verebbte in den Beuteln der Silberlinge.

Galahad und Joseph von Arimathäa trugen das Buch des Heiligen Blutes in ihren Taschen dem Römischen Reich entgegen. Diese authentische Lehre und das einzige wahrhafte Buch Meiner Lehre wurde der Dorn im Auge der Blinden.

Die im römischen Reich begründete Lehre Meiner Liebe klammerte wesentliche Aspekte aus. Unerwünscht war die Achtung der Frau und die Gleichstellung zwischen Mann und Frau. Der Gehorsam gegenüber der Kirche verdrängte Meine Liebe. Diese Meine Liebe ist die Autorität, die die Kirche durch blinden Gehorsam ersetzte.

Meine Liebe, die die Freiheit des Geistes ist, wurde ersetzt durch die Blindheit des Gehorsams.

Fesseln und Fallstricke der Erbarmungslosigkeit zwängte die Achtung aller Menschen ein und die Achtung der Gleichheit in der Heiligen, von Mir vorgelebten Ehe, verschwand in den Truhen der Gewissenlosigkeit, den Silberlingen weichend. Machtvoll erhob sich die Kirche der Selbstherrlichkeit, die die Wahrheit Meiner Lehre dem Prunk von Gold und Silber opferte.

Ich wandelte in der Demut Meines Herzens am Ufer des Sees Genezareth entlang, die Einfachheit Meiner Worte fanden Eingang in die Herzen der Menschen.

Der Bischof von Rom residierte in einem prunkvollen Palast irdischer Schönheit. Die Weisheit der Männer brach sich in dem funkelnden Schatten weiblicher Lüsternheit, der es kein Entrinnen zu geben schien. Weibliches Verderben bedrohte die Wichtigkeit der Lehre der Kirche und die Macht der Sinne verdunkelte den Glanz der Silberlinge in den Truhen der Weisheit.

So wurde die Heiligkeit Meiner Ehe mit Maria Magdalena und die Heiligkeit Meiner Nachkommen in die Ignoranz der Unfehlbarkeit verdammt.

Joseph von Arimathäa küßte seine Fingerspitzen, legte in Demut seine Hände an die Stirn und verneigte sich vor Petrus. Lange Jahre waren vergangen seit Meinem Tode und lange war die Reihe Meiner Anhänger durch das Wort von Joseph. Das Buch der Heiligkeit Meines Blutes lag aufgeschlagen vor der Seele des Bischofs von Rom und nagende Bitterkeit füllte seinen Mund mit dem Gift der Verwerflichkeit.

Seine Seele enthob sich dem Körper und berührte den Saum Meines Gewandes in der Ewigkeit der unendlichen Liebe. Ich, Jesus Christus, führte ihn in die Kuppel des saphirblauen Universums, dort, wo das Verstehen der Silberfäden das Rad der Fügungen bewegt. Aus der Tiefe aller Universen erschallt das Echo des Hahnenschreis in die Ohren der Unfehlbarkeit des irdischen Gesandten Gottes. Vergangene Empfindungen rühren an dem Schmerz der Welt, berühren die Sinnlosigkeit der Unfehlbarkeit, die keinem irdischen Menschen beschieden ist. Sein Silberfaden nahm die Seele auf, ihn zurück in den Körper des Irdischen zu bringen, das Leben zu vollenden, dem er geweiht war.

Der bischöfliche Rat schien besorgt nach dem Schwächeanfall ihres obersten Kirchenfürsten und seine Nachdenklichkeit beunruhigte sie.

Galahad spürte in der Tiefe seiner Seele die Gewißheit der Liebe seines Vaters und segnend hielt er seine Hände über Petrus.

Selbstgeschaffene Dunkelheit forderte den Anblick des Lichtes und die überreiche Segnung aller Waffen in Meinem Namen richtete die Vernichtung gegen ihn selbst.

Tiberius ahnte die Fehlbarkeit der Unfehlbarkeit und Entsetzen lähmte die übermächtige Liebe seines Herzens. Galahad lehrte ihn das Buch des Heiligen Blutes und wir brachen gemeinsam das Brot und tranken den Wein in der Erinnerung an Mich, seinen Vater.

Paulus kämpfte entschlossen gegen die Lehre Meiner Liebe und seine Energie erschöpfte sich im Spiel des Todes. Dem Irdischen enthoben verließ er seinen Körper in der Geburt des Todes dem Licht Meiner Liebe entgegen. Ich, Jesus Christus, leuchtete in der überirdischen Schönheit der Ewigen Liebe des Vaters am Ende des Tunnels, der das Irdische in das Überirdische führt, und die fassungslosen Strudel der Lichtfunken aller Engel berauschten den Silberfaden, der noch nicht durchtrennt, die Grenze zwischen den Welten in der Vibration des Schwebens hielt.

Unsagbare Demut ließ ihn am Ufer der Glückseligkeit in die Knie sinken und lächelnde Freude erschien aus der Härte seines Geistes und die wahrhafte Einzigartigkeit Meiner Lehre floß zurück in das Schweben des Silberfadens und die Grenze zwischen Leben und Tod verwehrte den Ewigen Übergang in die Ebenen der Glückseligkeit der Ewigen Liebe des Vaters.

Joseph von Arimathäa empfing ihn auf der irdischen Ebene in seine liebenden Hände und salbte den Todgeweihten in die Herrlichkeit Meiner Anwesenheit. Straff spannte sich das weiße Leinen über seinem Körper und behutsam glitt er in der Abenddämmerung zurück in die irdische Hülle des Lebens, zu vollenden das Werk der Liebe, das er gesehen.

Tief glühen die letzten Strahlen der untergehenden Sonne und die Helligkeit der gebrochenen Augen verzaubern ein leuchtendes Erkennen in das Erwachen des neuen Lebens.

Galahad steht im Nebenraum, mit Mörser und Stößel das Heilige Kraut mit kostbarem Öl zu verrühren. Ein kräftiger Geruch durchströmt die Räume und verbindet sich mit den Auswüchsen der Dunkelheit in die Transformation der Liebe.

Engel der höchsten Stufe der Weisheit fließen durch die Räume des Paulus und füllen ihn mit dem Atem der Blutbahn des Universums.

Paulus kehrte der Stadt der Unfehlbarkeit für immer den Rücken und wanderte in die fernen Länder, das Wort Meiner Liebe zu lehren.

In den Grundmauern der Stadt ruht das Buch des Heiligen Blutes, die Offenbarung Meiner wahrhaftigen Lehre der Liebe.

Und dort, in den Grundmauern der Stadt, blieb die wahrhaftige Lehre Meiner Liebe eingemauert und der Segen Meiner Lehre wurde ersetzt durch den Segen der blutbringenden Waffen. Unterdrückung durch die Machtgier der Unersättlichkeit beschmutzte Mein Wort und Meinen

Namen, der die Auferstehung und das Leben ist, brachte den Menschen den Tod in aller Grausamkeit.

*

Joseph von Arimathäa und Galahad saßen am Ufer des Tiber und rasteten dort im Schatten einer Hütte. Hohe Gräser beugten sich der Demut des Windes und sanft spielten die glitzernden Sonnentropfen mit den Bogen der Wellen, die zarte Melodien im rhythmischen Takt des Wassers in die Stille des Mittags sangen.

In die Stille dieser Schönheit senkte Ich, Jesus Christus, Meinen Geist. Der Saum Meines Gewandes berührte die Gräser der Demut und liebkosend atmete Meine Gegenwart die Weite des Meeres und das Blau des Himmels. Silberne Strahlen tanzender Engel bewegten die Saphire der Luft und ein Kreis roter Rubine brach das Licht der Sonne in rotgoldenes Glühen. Erhabene Leichtigkeit träumte den Traum der Menschen, ruhendes Wissen liebte die Liebe der Gegenwart der Ewigen Liebe. Schillernde Vielfalt abermillionen Funken regenborgenfarbener Lichtpunkte, getränkte Sensibilität Meiner Anwesenheit.

Eine tiefe Sehnsucht nach den Stätten der Heimat erfaßte Joseph von Arimathäa und dunkel verhangen glänzten die tiefblauen Augen in den Wassern der Erinnerung. Und er erzählte Galahad erneut von Galiläa, von Jerusalem, Kafarnaum und dem Wirken von Mir, seinem Vater, und der Weisheit seiner Mutter, die erfüllt von dem Geiste der Ewigen Liebe neben Mir, Jesus Christus, stand. Die erfüllte Liebe, die uns verband bis in den Tod, und die Beständigkeit der Liebe nach der Auferstehung aus dem Fleische in die Herrlichkeit Meines Vaters.

Ich legte Meine Hände segnend auf seinen Scheitel und sprach zu ihm: "Joseph, geliebter Joseph, Du bist getreulich Meine Wege gegangen, 22 Jahre bist Du fern Deiner Heimat. Deine Sehnsucht liegt geborgen in Meiner liebenden Hand und Ich bitte Dich, Joseph, kehre zurück in die Heimat und nehme Meinen Sohn mit, seinen Ursprung aus der Quelle Meiner Liebe zu sehen."

"Ja, Herr," so sprach Joseph von Arimathäa, "ich gehe mit Galahad zurück in die Heimat."

Liebevoll ruhte sein Blick auf Galahad und der Tiber vermischte sich mit dem See Genezareth in die sanften Weiten der unendlichen Wüste, in die staubigen Straßen auf hohen Bergen, die Esel und Kamele, der süße Geruch der Märkte und das laute Schreien der Verkäufer.

Seine Erinnerung wanderte zurück zu Veronika, deren längst verblaßte Lieblichkeit, wieder in seinem Herzen aufstieg. Mit aller Heftigkeit spürte er die Innigkeit des seligen Einverstandenseins Veronikas mit seinem Weg der Demut und die Freude des zukünftigen Wiedersehens schlug hohe Wellen in ihm und er sandte einen Boten der Freude Veronika entgegen.

Galahad tanzte über die Wasser des Tiber und die Wildheit seiner Freude erschöpfte sich in dem hellen Lachen einer unbestimmten Sehnsucht, die ihn erfaßte.

Ich segnete Meinen Sohn, der neben Josef von Arimathäa friedlich schlummerte und Meine Liebe führte ihren Weg zurück nach Jerusalem, dem Ort des Anfangs und dem Ort des Endes.

5. Kapitel
Ägpten

Tiefe Weisheit beseelte die Kultur Ägyptens und die Paläste der Priester waren von unglaublicher Schönheit. Weiße Reinheit schimmerte im Marmor der Säulen und ein Duft von Sandelholz begleitete die Schwingen des Windes.

Ein verschlüsseltes Pergament birgt die Wahrheit der Evangelien aus der Hand Maria Magdalenas. Alte gnostische Schriften berühren die Verbindung zwischen den Dokumenten und ruhen in den unterirdischen Gängen des Tempels im Süden Ägyptens.

Joseph von Arimathäa und Galahad schlossen sich einer Karawane von Händlern an, die behutsam ihre Kamele durch den glühenden Sand führten. Flirrendheiß bewegte die Sonne die Illusionen der Horizonte in spielerischen Formen der Luft. Majestätisch erschien die noch weit entfernte Pyramide den Augen Galahads, der er voller Erwartung entgegenfieberte. Joseph von Arimathäa hatte ihm von seinen Reisen erzählt, die ihm die Schönheiten der verschiedenen Länder offenbarten.

Runde Tempeltürme hauchten ihre Anwesenheit in den weißen Stein der Erhabenheit und irisierendes Gold glänzte im Reichtum der Anbetung und Ehrfurcht vor den Göttern. Hinter dem Tempel knieten in reinem weißen Sand fünf in sich versunkene Mönche und lächelnd hielten sie ihre Hände vor den Augen gefaltet, die Demut ihres Herzens ausdrückend. Sanft neigten sie ihre Stirne auf die Spitzen der gefalteten Hände und ahnten eine Antwort ihrer Gebete. Sie erhoben sich aus dem goldenen Kreis und traten zu uns.

Ich, Jesus Christus, berührte die Seelen der Mönche in der Hingabe an die Schöpfung und die Weisheit Meiner Liebe. Glänzende Liebe erstrahlte in der Reinheit des Wissens um Meine Anwesenheit und gemeinsam schritten wir in das entfernt liegende einsame Kloster. Hier offenbarte Ich Meinem Sohn das Wissen der alten Meister der Bruderschaft der Liebe und zeigte ihm die Stätte Meiner Ausbildung, am Anfang der Tage. Wärmende, reine Energie umhüllte unsere Körper in die Innigkeit der Ewigen Liebe und versinkend in die Sehnsucht dieser Liebe, glitten wir in die schwebende Höhe des weißen Strahles der Unendlichkeit. Tiefes, dunkles Blau empfing uns in dem alten Wissen der Weisheit des Vaters und die Inbrunst SEINER Liebe machte uns trunken und die warmen, innigen, wohltönenden Stimmen der singenden Mönche geleiteten uns zurück auf die irdische Ebene. Segnend hielt Ich Meine Hände über den Scheitel Meines Sohnes und küßte ihm die Allgegenwart Meiner Liebe in die Verbindung des Diesseits mit dem Jenseits.

Im Garten des Klosters versank die Sonne im weißen Strahl des Kelches der Liebe, der in sanfter demütiger Schönheit unter der Kuppel des Firmaments die Erhabenheit und Würde des Blutes freigab, das die Ewige Liebe des Vaters für immer in sich barg. Kostbar berührte die Heiligkeit dieses Momentes die Mönche und Joseph unterrichtete sie in der Lehre Meiner Liebe. Die Weisheit Buddhas und Meine Liebe verbanden sich erneut, zu Dienen den Menschen. Unstillbar fließt Meine Ewige Liebe den Menschen zu, unstillbare Verbundenheit zwischen dem Ewigen Vater und den Menschen, die Mir, Jesus Christus, anvertraut sind.

Weit geöffnet schimmerten Meine ausgebreiteten Arme über die Horizonte der Welten und der grünliche, verträumte See neben dem Kloster spiegelte Mein Antlitz für einen kurzen Augenblick der Ewigkeit.

Zur Abenddämmerung gingen die Mönche zu dem See hinab und ihre heiligen Gesänge entlockten der spiegelnden Oberfläche Mein Antlitz in die Schönheit ihrer Herzen. Tiefe Ruhe und Frieden erfüllten sie und die Weisheit ihrer Seelen verbanden sich erneut mit Meiner Liebe. Die Vereinigung der Göttlichkeiten Weisheit und Liebe ruhen in dem Urgrund dieses Heiligen Wassers.

Unterirdisch verbunden sind die unteren Gänge der Pyramide mit den Ebenen des Klosters. Dunkel verhallen die Schritte der Mönche auf dem Weg in die Tunnel der Läuterung und erquickende Stille enthebt die Mönche dem Bewußtsein. In diesen Gängen ist die ewige Verbindung zwischen dem grünen und dem weißen Strahl gespeichert durch die Anwesenheit von Mir, Jesus Christus, und Maria Magdalena in den Tagen des Frühlings im Jahre 21 der Zeitrechnung aller Irdischkeit.

Ergriffen lauschte Galahad den Steinen der Weisheit in der Offenbarung seiner Eltern aus frühen Tagen und Joseph von Arimathäa lauschte dem Fließen Göttlicher Energie in die Scheitel der im runden Lotussitz betenden Mönche. Der Geist der Liebe enthüllte die Verbindung des Diesseits mit dem Jenseits und ein goldener Kreis Ewiger Liebe umhüllte die feinstofflichen Moleküle der Menschen in die Auflösung und benetzten mit ihren Tropfen des Seins den Urgrund der Quelle der Liebe.

Die Steine der Pyramide füllten sich erneut mit der Botschaft der Liebe und strahlten das Wissen Ewiger Zeit in die Sphäre des Irdischen und die Kraft der Gedanken, geformt aus dem Geist der Liebe, bewegte die Materie des Erschaffens. Meister der Unendlichkeit erfüllten den Duft der Tiefe des Inneren der Erde mit ihrer Erhabenheit und verströmten sich aus den Gängen des Klosters in die Gänge der Pyramiden.

Der verborgene Strom der Weisheit entspringt in den Urtiefen der Meister der Unendlichkeit und fließt über die Arkadenbögen reinen Wissens in die Ebene des Geistes der Materie. Uralte Weisheit, dem Zugriff der Unwissenden verborgen. Schwingungen höchster Reinheit berühren die Schönheit und Transparenz der siebten Stufe der Weisheit Gottes, in den Tiefen der Pyramide.

*

Im Jahre 21 trafen Ich, Jesus Christus, und Maria Magdalena in dem verborgenen Strom des Wissens liebende Vorsorge in dem Bund der Heiligen Ehe und vertrauten dem verborgenen Strom des Wissens die Aufnahme des geheimen Wissens an. Der unermeßliche Schatz dieser Welt ruht im Bund der Heiligen Ehe.

*

Galahad übergab seinen Geist dem verborgenen Strom und berührte die Erleuchtung allen Seins. Seine Fingerspitzen tasteten behutsam die Kühle des Goldes und das Feuer der unauslöschlichen Flamme der Schriften der Wahrheit. Und weit sah sein Geist in die Wirklichkeiten kommender Jahre, die Verbrennung der Wahrheit auf den Scheiterhaufen der Machtgier, die Unauslöschlichkeit der Flamme in der Ewigkeit.

Hell und lieblich klang die Stimme seiner Mutter aus den Schriften der Wahrheit und tränkten seine Seele mit dem Feuer der unauslöschlichen Flamme der Schriften der Wahrheit. Zwei Lilien versiegelten das Buch der Wahrheit in seiner Seele und entströmten ihren Duft der Weisheit.

Joseph von Arimathäa legte den Arm um Galahad und führte ihn aus den unterirdischen Gängen hinauf in die Gärten des Klosters, aus der Benommenheit in die Feinheit der Schwingung des Erwachens.

Aus den spiegelnden Tiefen des grünen Sees trank er das heilende Wasser in der Geborgenheit Meiner Anwesenheit. Und so er trank, trank er die Arkanen Meines Seins und die Unendlichkeit seines Seins verband sich in den Tiefen der geheimen Wasser unendlicher Liebe und Schönheit. Eine Welle unfaßbarer Liebe durchflutete ihn und ein Atem der Ewigkeit enthob Mich dem Gral in die Weite Meines Vaters.

Joseph von Arimathäa, Galahad und einige Mönche gingen zur Westseite der Pyramide und schoben mit der Energie des Wissens einen Stein in die Öffnung einer geheimen Treppe, die in das verborgene Innere der Pyramide führte. Steil führte die Treppe hinauf in die Räume der Herrlichkeiten, dort, wo die Klänge vibrierender Liebe die Energien des Vermächtnisses Meiner Liebe hinaustrugen in die Ebenen der Wirklichkeit. Ein tiefer Gong vermählte die Schwingungen der Liebe mit den Schwingungen der irdischen Ebene und entsandte diese Boten Meiner Liebe. Sichtbare Schwingung schillerte erhaben in den kristallklaren Farben des Regenbogens in die Horizonte der Menschen. In der Spitze der Pyramide lauschte die Welt dem Atem Gottes und zarte, gläserne, feinste Glöckchen priesen die Seligkeit Seiner Nähe.

Hell irisierten goldene Wände sanfte Lichtbögen auf die schreibenden Mönche, die ihren Geist der Offenbarung der Göttlichkeit hingaben. An den Wänden standen weit geöffnete Truhen und gerollte Weisheit füllte die Regale reinster Schönheit bis in die höchste Höhe. Kein Staubkorn, nur unendliche Reinheit bricht das Licht des Geistes, die Ewige Wahrheit, in die Räume der Herrlichkeiten.

Voller Ehrfurcht und Staunen entdeckte Galahad Meine Spiegelungen in den Schriftzügen der Mönche und tiefe Freude erfüllte ihn. Die Mönche empfangen die Ungleichgewichte der Gedanken der Menschen und gleichen die Schwingung in die Ewige Liebe an. Ihre Aufgabe ist das Harmonisieren der Schwingungen.

In den Truhen leuchten verschiedene Steine in den Farben des Regenbogens und verbinden die Gedanken der Menschen in die Harmonie der Universen.

*

Die Klarheit des Mondes führte Galahad und Joseph von Arimathäa zurück zu der Karawane der Händler, die nach Jerusalem aufbrachen. Glühend brannte die Sonne Genügsamkeit in das Fell der Kamele, die unbeirrt ihre Körper Jerusalem entgegentrugen. Voller Dankbarkeit und Achtung ruhten sie in dem gemächlich schaukelnden Sattel und Galahad sprudelte viele Fragen Joseph von Arimathäa entgegen.

6. Kapitel
Jerusalem

Laut klang das Treiben der Händler neben dem Tempel in Jerusalem und würzige Düfte von Kräutern und Früchten machten die Luft trunken. Die Sinne übergaben sich der Hitze des Treibens bunter Vielfalt und die klagenden Stimmen der Marktschreier eroberten die Münzen der Käufer. Aus den Türmen der Tempel riefen Gebete in die Andacht tief gebeugter Menschen. Wohlklingende Laute vermischten sich mit den Gewürzen des Orients in das Klirren der goldenen Armreife der Frauen, die mit großen Körben die Früchte des Landes nach Hause trugen.

Tief verschleiert entzieht sich die Schönheit der Frauen, dem Gesetz der Männer folgend, in die Achtlosigkeit der Ehe. Meine Gebote der Liebe sind verhallt in den Schlägen römischer Gewalt und die Grausamkeiten der Kirchenfürsten ertränken die Liebe Meiner Lehre in einem Strom kostbaren Blutes.

Mein Name, Jesus Christus, öffnet die Tore in die Himmel des Ewigen Vaters, er ist der Schlüssel der Vergebung und der Auferstehung.

Diese Botschaft ist festgeschrieben in den Mauern Jerusalems, der Mauer der Ewigen Klage.

*

Joseph von Arimathäa war erfüllt von dem Duft seiner Heimat und der langen Sehnsucht der Heimkehr. 25 Jahre waren vergangen seit dem Überqueren der Meere in das Neue Land. Weite und gefährliche Wege führten ihn durch viele Länder, Mein Wort der Liebe zu bringen.

Beklommenheit ergriff Galahad und Joseph von Arimathäa führte ihn in ein Haus der Ruhe. Heißer, süßer Tee belebte die Sinne Galahads und sein Atem wurde ruhiger. Weinend hielt er die Hände vor sein Gesicht und seine Lippen bebten im aufgewühlten Strom seines Herzens.

Und seine Füße wanderten auf dem Weg von Mir, Jesus Christus, seinem Vater.

In hoher Schönheit umrahmte das schulterlange, goldene Haar sein ebenmäßiges Gesicht und tiefgrün schimmerten seine Augen in der Klarheit unendlicher Reinheit. Wasser der Wehmut entließen die gestauten Energien in die Schwingung der Liebe und transformierte Erkenntnis allen Seins bewegte sein Herz auf den Weg nach Golgatha.

Hoch oben ließen sie sich nieder und schauten hinab auf die Stadt der Ewigen Klage. Und die Ewige Klage dieser Stadt erhielt die Ewige Antwort Meiner Ewigen Liebe aus dem Blut, das versickert in der Erde, Meine Weisheit und Meine Liebe offenbarten.

Real und hart formten sich die Bilder der Vergangenheit und Galahad erinnerte in einem Schrei der Ewigen Klage wieder das Wort Vergebung über die Höhen von Golgatha und der Urschrei der Ewigen Klage durchbrach die Gitter der Trennung von Gott erneut in die Hoffnung seiner Anwesenheit und die Hoffnung seiner Liebe. Grüne Strahlen brachen sich im Licht seiner Augen und innige Liebe entströmte dem Kelch, den er liebevoll in seinen Händen hielt.

Und wieder lächelte Mein Antlitz den Menschen entgegen die Golgatha säumten, durch Meinen Sohn des grünen Strahles der Ewigen Hoffnung.

Bewegt rannen Meiner Mutter Maria Tränen der Liebe die Wangen hinunter, als sie langsam den Weg nach Golgatha hinaufschritt und mit Küssen der Inbrunst bedeckte sie das Gesicht Galahads, der sich langsam niederkniend in wahrhaftiger Demut die Hände Mutter Marias liebkoste.

Eingehüllt in Meinem weißen Strahl der Liebe enthoben sie ihren Geist der Wirklichkeit hinauf in die Ebene der siebten Stufe der Weisheit Gottes und die Hand des Schöpfers umarmte die beiden Seelen mit der diamantenen Ewigen Liebe Seines Seins.

Ein Hauch Göttlichkeit währte eine Sekunde und Joseph von Arimathäa brachte Meine Mutter und Meinen Sohn hinunter in die Stadt der Ewigen Klage.

Jakobus wartete in einem vorbereiteten Haus auf ihre Ankunft, und Veronika, die in samtener Schönheit den Zauber ihrer Lieblichkeit Joseph von Arimathäa offenbarte. Das Feuer der Liebe verzauberte die Gegenwart in eine Erinnerung und 25 Jahre löschten die Seligkeit nicht aus.

Nachrichten aus allen Teilen des Landes der verstreuten Apostel und Jünger fanden Eingang im Hause des Friedens, geschaffen aus der Hand der Weissagung dieses einzigen Tages der Wiederkehr. So zeugt dieser irdische Tempel noch heute von der jenseitigen Hierarchie in der Vereinigung aller Welten.

Joseph von Arimathäa und Galahad begaben sich weiter in die Gegend des Sees von Genezareth, das Buch der Wahrheit und den Kelch der Liebe, die Schätze dieser Welt, zu hüten. Kriegerische Verfolgung zwang sie Unterschlupf in den Höhlen der Gegend zu suchen. Ein Lichtkreis Meiner mächtigen Liebe umhüllte sie in die Unsichtbarkeit und führte sie unbemerkt zurück in die Häfen von Haifa. Und sie verließen dieses Land für immer.

Bebend rollten die Kriegsheere durch das Heilige Land und die Verwüstungen der Plünderer waren unaufhaltsam. Ohnmächtig und erbarmungslos vernichteten sie das geistige Gut der Liebe und die Trophäen der Sinnlosigkeit füllten die Schatzkammern der Herren der Dunkelheit. Menschliche Trophäen schmückten das Ansehen der Lieblosigkeit und

Niedertracht und Gemeinheit bewegte die Menschen an den Abgrund tiefer Hoffnungslosigkeit.

Und die Saat der Liebe wurde gesät in den immerwährenden Hoffnungsträgern Meiner Liebe, für immer und unsterblich. Jakobus, Mein lieber Bruder, aus dem Schoße Mutter Marias, bewegte die Menschen in dem Land der Heiligkeit in die Öffnung des Geistes und unterrichtete in der Schule der Liebe, eingehüllt in der Güte Meiner Mutter, der Ewigen Liebe dieser Welt.

Veronika blieb in der Obhut Meiner Mutter und ihre Heilungen machten sie bekannt bis an die Grenzen des Reiches. Sie und Meine Mutter salbten die Kranken und Schwachen und führten sie Heim in das Reich Meiner Liebe.

Aus dieser Liebe heraus bereiteten sie ihren Verfolgern heftigen Widerstand und unerschütterlich ruhte Mein Segen in ihren Herzen.

Die Verfolger Meiner Mutter Maria verloren ihre Spur im Labyrinth ihres eigenen Blutes und verfingen sich in ihren eigenen Intrigen. So ließen sie ab von dem Rausch der Erbarmungslosigkeit und lenkten ihre Ziele hinaus aus dem Reich Meines Heiligen Blutes in die Weite Griechenlands, um Galahad und Joseph von Arimathäa in den Bannkreis ihrer Mordlust zu bekommen.

7. Kapitel
Das Land der Philosophen

Athene lief barfuß durch die hohen Säulengänge und atmete den unnachahmlichen Duft der Blumen des Klostergartens ein. Süße hob die Sinne in die Leichtigkeit der Heiterkeit und tanzend näherte sie sich einer steinernen Bank am Rande des Gartens. Halbschatten spendete erfrischende Kühle aus den sich sanft wiegenden Armen eines uralten Baumes. Hier wartete sie auf ihre Freundin Eleanore, die in dem Kloster Philosophie lehrte.

Eleanore leuchtete in der tiefstehenden Sonne in einem überirdischen, goldenen Glanz. Feinste Strahlen vibrierenden Lichtes schimmerten in die Horizonte und verbanden sich innig mit den Weiten der Ebenen Gottes. Ein Meer von Licht durchfloß die Mauern des Klosters und bündelte seine Energie in der Krone des Baumes und versank in die geöffnete Erde.

Lächelnde Güte sprühte aus ihrem Sein den Menschen entgegen und bezauberte das Licht der Welt.

Und sie erzählte Athene von ihrer Reise von Südfrankreich nach Griechenland, von ihrem Bruder Galahad und ihrer Mutter, Maria Magdalena.

Ihre ganze Liebe gehörte Meiner Lehre, die Ich, Jesus Christus, tief in ihrer Seele, als das schönste Kleinod ihres Wesens, verwurzelt habe. Leuchtende Glückseligkeit spiegelte sich in dem Grün ihrer Augen und verfing sich spielend in dem Glanz ihres langen Haares, das in samtenen Locken bis tief in die Taille fiel.

Mild wechselte der frühe Abend in die Dämmerung der Nacht und sie gingen zurück in den Hof des Klosters. Dort verweilten sie eine Zeitlang am Brunnen und tranken das kristallklare, heilende Wasser aus der Zisterne Meiner Liebe. Dunkles, würziges Brot lag auf dem Rand des Brunnens und gemeinsam brachen und teilten sie es. Ein runder Torbogen führte in das Innere des Klosters und die Kapelle verströmte einen Zauber der Unwiderstehlichkeit in die kreuzenden Gänge. Kostbare Düfte verbanden die reinen Gesänge einer immer wiederkehrenden Tonfolge Göttlicher Hierarchie. Behutsam nahmen die Töne der Göttlichen Hierarchie die

Schwingung heilender Farben auf und die kraftvolle Energie gelenkten Geistes durchbrach die Materie des kranken Körpers und glättete die zerrissene Aura des zu Heilenden.

Eleanore erhob ihre Stimme in ein klangvolles, inbrünstiges Gebet an Mich, Jesus Christus, im tiefen Wissen Meiner Heilkraft, geboren aus der Seele der Hoffnung. Lächelnd versank der Kranke in dem grünen Strahl ihres Seins. Demütige Liebe umfing ihn in Meiner Geborgenheit schwebend in die Dimension der Ewigen Liebe. Wellen der lieblichen Klängen durchströmten seinen immer heftiger pulsierenden Körper in die Reinheit Ewiger Heilung. Erhaben hielt der Engel der Heilung die Gifte der Materie in seinen Händen und die Asche der Krankheit zerstäubte sich in den Fernen der Horizonte.

Sanft verhallten die schwingenden Töne in die Täler der Umgebung, heilende Energie der höchsten Frequenz.

Das Licht Meiner Tochter strahlte über die Grenzen Griechenlands hinaus in die Reiche der Erbarmungslosigkeit und hellhörig wähnten die Machthaber der Finsternis den

Segen der heilenden Hände und die daraus fließende Liebe. In Erinnerung Meiner Lehre befanden sie über den Tod Meiner Tochter, deren Existenz, und das Wissen um Meine Nachkommen rotglühenden Haß auslöste.

Und so sandten sie finstere Gesellen aus, den Segen der Menschheit und das Licht der Seelen zu vernichten.

In der Nacht der Ankunft dieser Männer saß Eleanore in ihrem Raum der Liebe und öffnete über ihr drittes Auge die Wahrnehmungen hinaus in die Dunkelheit. Sie sah ihr eigenes, goldschimmerndes Haar sich mit dem Rot ihres Blutes vermischen und sie sah die Münzen der Gerechtigkeit.

Totenblaß vernahm sie Meine Stimme, und Ich, Jesus Christus, sprach zu ihr:

"Stehe auf, Mein Kind, das Reich der Härte ist aufgebrochen, das Reich der Liebe zu vernichten. Ich habe Deinen Weg vorbereitet. Verlasse den Raum der Liebe hinaus in das Blau der Nacht, wende Dich nach Osten, dort stehen Meine

Männer, bereit Dich in den Frieden Meines Herzens zu bringen."

Athene blieb im Schutz Meiner Liebe zurück, das Werk Meiner Liebe dort zu vollenden.

Eleanore verbarg ihr leuchtendes Haar unter einem weißen Umhang und lief leichten Fußes hinaus in die Arme Meines Friedens. Die von Mir gesandten Männer nahmen sie auf und brachten sie zurück nach Sainte Baume.

8. Kapitel

Das Licht in der Finsternis

Im Schutz des hohen Massivs Sainte Baume verlor sich die Spur von Eleanore in den Höhlen ihrer Kindheit. Nach einiger Zeit begab sie sich zu Simon, der in der Nähe von Marseille mit Maria Magdalena unterrichtete. Monate der Unruhe waren vergangen und die Stricke der Mächte der Finsternis warfen erneut ihre Netze zum Fang Meiner Nachkommen.

Simon führte die beiden Frauen in ein kleines Dorf am Rande der Pyrenäen auf einem hochgelegenen Plateau in den Schutz der Dorfgemeinde. Eine Gruppe Essener bewohnte angrenzende Häuser vor dem Eingang in den Berg. Tiefe, weit verzweigte Höhlen führten zu einem inneren See mit kristallklarem Wasser, gespeist aus dem Inneren der Mutter Erde. Staklatiten säumten die Ufer des Sees in farbenprächtigen Spiegelungen aller Farbschattierungen irisierender Klarheit.

Sanfte Wellen bewegten den See der Klarheit, an dessen Ufer Eleanore sich ausruhte, in dem Glanz der spiegelnden Schönheiten kosmischer Strahlen. Eine kleine Öffnung über dem See gab den Blick frei in das Tiefblau des Himmels.

Eleanore verband ihren Geist mit Meinem Geist und Ich tränkte sie mit dem heilenden Balsam der Ewigen Liebe. Hier, an diesem Heiligen Ort, unterhalb der Pyramide der Liebe, öffnete Ich ihre Bewußtsein in die sieben Stufen der Weisheit Gottes und löste behutsam die Schleier ihrer Geburt. Kosmisches Wissen verband sich unauslöschlich in die Reinheit ihrer Seele und jede Seele bewegte sich in aller Klarheit vor ihrem Auge der Weisheit. Die Gabe des Sehens schützte Eleanore vor den Verfolgern der Nachkommen Meines Blutes, die nicht ruhten die Essenz der Liebe zu vernichten.

Langsam näherte sich Maria Magdalena unserer Tochter der Liebe, küßte ihre Fingerspitzen in demütiger Freude und beide knieten am Ufer des Heiligen Sees.

Maria Magdalena tauchte ihre leicht geöffnete Hand in die Wasser der Liebe und sie segnete mit dem Heiligen Geist den Scheitel Eleanores.

In Meiner Liebe tief verbunden kehrten sie zurück auf die Anhöhe, die in der späten Abendsonne friedlich glitzerte. Aus den umliegenden Häusern traten die Menschen heraus und versammelten sich in der Mitte des Platzes, der der Gemeinschaft diente, das große Ereignis der Einweihung zu feiern. Und Eleanore nahm den Kelch der Liebe in ihre geweihten Hände und füllte ihn mit dem bereitstehenden Wein, um ihn den anwesenden Eingeweihten zu reichen. In stiller Ehrfurcht neigten sie das Haupt, küßten ihre Fingerspitzen, nahmen Eleanore in ihre Mitte, und kosteten die Essenz der Essenzen.

Ein tiefer, durchdringender Klang unendlicher Sehnsucht erfüllte die Kehlen der Menschen, speiste die Schwingung der Nacht und vibrierend durchzog sie die Helligkeit des Tages, Nahrung der Menschen des Lichts.

Eleanore setzte behutsam Meinen Kelch der Liebe auf den Urgrund des grünen Strahles. Mit geschlossenen Augen breitete sie die Arme seitlich aus, bog die Fingerspitzen hinauf in die Göttlichkeit der Ewigen Liebe und kaum wahrnehmbare, goldene Linien fließender Energien verbanden sich mit ihrem Silberfaden zu einer sanft schwingenden Pyramide des Lichts.

Die Töne der Sehnsucht nährten die Strahlen des Lichtes in die Unendlichkeit und perlten am Ufer der Glückseligkeit in die Wasser des Ewigen Lebens. Kraftvolle Energie des Geistes der Eingeweihten sammelte sich unter ihren Füßen und enthob sie dem Grund der Materie in die Leichtigkeit des Schwebens. Weit dehnten sich ihre Körper des Lichts in irisierendem Widerschein des Lächelns der Ewigen Güte des Vaters aus. Prachtvolle Strahlen kosmischer Weite benetzten die Seelenkleider der Anwesenden und die Stille des Vaters beantwortete den Ruf der Sehnsucht. Behutsam glitten die Töne der Sehnsucht in die Stille der Ewigkeit, köstliche Ruhe aus dem Einssein mit dem Vater senkte sich nieder auf die Menschen und Eleanore kniete in dankbarer Anmut in die Schönheit der Schöpfung.

Und sie bog ihre Fingerspitzen zur Erde hin, und schöpfte aus der Mutter Erde fließende, goldene Linien der Pyramide des Lichts, gespeist aus dem grünen Strahl der Hoffnung und dem weißen Strahl der Ewigen Göttlichkeit.

Lieblich verband sich die Pyramide der Erde mit der des Himmels in den weitgeöffneten Händen zu der kosmischen Hochzeit. Sprühende Lichtfunken verzauberten das Dunkel der Nacht aus dem strahlenden Schein der Pyramiden, die fließend ineinander übergingen, die Vermählung des Himmels mit der Erde. Voller Liebe beugte sie ihr Haupt dem Norden zu, segnete den Norden und wand sich dem Westen zu, sie segnete den Westen mit der Pyramide der Liebe und verband den Osten mit dem Süden in der Herrlichkeit der Einheit mit der Liebe des unendlichen, Ewigen Vaters. Hell leuchteten die vier Pyramiden auf dem Lichtkreuz Meiner Liebe in die Unendlichkeit.

Signale der Himmelsrichtungen, unveränderbare Zeichen göttlichen Fundaments, dienen zur Orientierung der Menschen.

Schwebend verschmolzen die goldenen Pyramiden der vier Himmelsrichtungen aus der Unendlichkeit in das ewige Fließen der Pyramide des Himmels und der Erde, geschaffen in den Händen der Ewigen Liebe des Vaters. Und Mein Lichtkreuz der Liebe erfüllte das Sein in das Plateau in den Pyrenäen und im Norden begann sich Mein Lichtkreis über den Häuptern der Eingeweihten behutsam zu drehen im goldenen Kreis der ewigen Wiederkehr. Funkelnd verneigten sich die Sterne im Glanz der Ewigkeit und lächelnd umringten sie die Klarheit des Mondes, weißer Filter des ungebündelten Göttlichen Lichtes.

Tief erfüllt von dieser Einzigartigkeit der bewegenden Einheit allen Seins, begaben sich Maria Magdalena und Eleanore in die Geborgenheit Meiner Liebe und versanken in erquickenden Schlaf.

Aus dem Nichts der ewigen Weite des Horizontes entstieg feuerrot die Sonne in den beginnenden Tag.

Maria Magdalena und Eleanore verließen das Plateau und begaben sich auf den Weg zu Joseph von Arimathäa und

Galahad, die ihre Ankunft in Sainte Baume über die Schwingen des Geistes angekündigt hatten. Simon begleitete die Frauen, die voller Freude dem Wiedersehen entgegenschritten.

56 beschwerliche Tage lagen vor ihnen. Die Spione des Römischen Reiches belauerten die Trägerinnen Meiner Liebe, denn die Worte und Werke aus Meinem Geiste entzündeten in vielen Herzen der Menschen die alte, unerfüllte Sehnsucht nach Meiner Liebe aus der Ewigen Liebe des Vaters und die Sehnsucht nach der Freiheit dieser Unendlichkeit.

Die unendliche Freiheit des Geistes mit dem Wissen der Göttlichkeit in der Einheit mit allem Sein beherbergte das Kraftpotential gegen die Unterdrückung der Herrscher. Voller Gefährlichkeit erschien den Machthabern der Finsternis diese unsichtbare Waffe der Stärke, die, einmal fest verankert in den Seelen der Menschen, unausrottbar schien.

Wütend schlugen sie mit aller Materie der Grausamkeit unbarmherzig auf das unberührbare, unsichtbare Potential der Kraft der Liebe ein, zerschlagen wurde die sichtbare Materie der Vergänglichkeit. Diese Unberührbarkeit entfachte die Hilflosigkeit der Wut in den Haß der Blindheit, der alles zerstörte, was den Kern der Liebe in sich trug. Gnadenlos bewegten sie sich aus dem Hinterhalt der Gier und hinterließen eine rote Spur der Unbeugsamkeit. Mitleidlos zerstümmelten sie Kinder vor den Augen ihrer Mütter, brachten Väter in die Gewalt des Spottes jeglicher Gebote der Menschlichkeit. Flammen der Ruchlosigkeit schrien den Tod der Liebe hinaus. Unerreichbar in den Herzen der Menschen, die diese Liebe besaßen. Weinend begruben sie die Leichname, weinend erkannten sie das Bedürfnis nach Liebe, der versteckte Ruf der Machthaber der Finsternis.

Ein finsteres Labyrinth engmaschiger Netze der Besessenheit, lag, wie eine Landkarte ausgebreitet, über den Tälern und Bergen Frankreichs und durchzog wie schwarze Adern die Helligkeit des Neuen Landes.

Simon führte die Frauen in die Dörfer des Verstehens Meiner Liebe und schützend legte sich das Kleid Meiner Liebe in aller Schönheit um ihre Körper. Gewalt begegneten sie mit Liebe und sprengten die Fesseln der Blindheit in die

Offenbarung des Sehens. Ihre Weisheit erkannte das Bedürfnis der Menschen, ihre Liebe erfüllte es. Sie salbten die Verstümmlungen der Körper und sie salbten die Verstümmlungen der Seelen, die alle dem Ruf dieser einen Ewigen Liebe folgten.

Und das Licht scheint in der Finsternis,
aber die Finsternis begreift es nicht.

9. Kapitel
Die Offenbarung

Joseph von Arimathäa und Galahad lagerten am Fuße des Massives Sainte Baume und ruhten nach der langen Reise aus Syrien. Ich, Jesus Christus, führte ihren Geist zurück in die Heimat des Heiligen Grals, zu offenbaren erneut Mein Wort der Liebe in den Zeichen der Unendlichkeit. Wo sie auch hinkamen, waren ihre Wege geebnet durch die Strahlen Meiner Liebe, die in der Reinheit des weißen Strahles den Boden bereitete, für die Saat Meiner Worte.

Jubelnd nahmen die unterdrückten Menschen Mein Wort der Liebe und Freiheit auf und bekehrten sich zu der Liebe, die mit Meinem Namen auf ewig verbunden ist.

Erste kleine Gemeinden entstanden und breiteten sich über die Länder aus, in denen Joseph von Arimathäa und Galahad Mein Wort gelehrt hatten. Alle Menschen waren gleich und dienten den Geboten der Liebe, die Ich, Jesus Christus, hinterlassen hatte.

Meine Worte sind Gebote der Liebe,

die Worte der Machthaber sind Verbote Meiner Liebe,

an Meinen Worten könnt ihr Mich erkennen,

dies lehrte Ich, Jesus Christus, euch.

Ich bin aus dem Hause David und Meine Nachkommen haben Anspruch auf den Thron, der aus dieser Herkunft ihr rechtmäßiges Erbe ist.

Der Thron der Liebe,
aus dem Königreich der Liebe,
das jenseits eures Verstehens in den
Reichen Meines Vaters liegt,
ist die jenseitige Verbindung zu der
diesseitigen Verbindung in dem Hause David.

Meine Mutter Maria entstammt dem Geschlechte David und ist Trägerin der höchsten Frequenz des weißen Strahles, die göttliche Verbindung zwischen allem Sein.

Erhabene Würde und Reinheit des Denkens

befähigte sie zu dem Erbe des Lichtes,

Meine Geburt in die Materie des Irdischen.

Meine Geburt in das Fleisch war Gottes Wille.

ER, dessen Ebenbild Ich, Jesus Christus, bin, schuf Mich aus Seinem Geiste.

Aus diesem Geist der Schöpfung entsandte ER, der Vater, Mich, Seinen Sohn, zu dienen den Menschen.

Und so schuf ER, der Vater, die Reinheit der Seele, unantastbar in dem Geiste der Maria, die Meine Mutter ist.

Die Seele der Maria verband sich mit der Seele des Joseph, und beide sind die Reinheit der Gedanken.

Beide Seelen ruhten in der Reinheit der Gedanken.

Ein reiner Gedanke bringt Reines hervor.

Aus dieser Reinheit entstand der Wille des Vaters, *die Menschwerdung des Sohnes, des Christus*, genannt Jesus.

Die Vereinigung des Willens des Vaters ist Liebe.

Die Vereinigung von Maria und Joseph ist Liebe *aus dem Willen des Vaters* in der Reinheit der Gedanken, die Menschwerdung des Christus, des Jesus.

Im Fleisch wird *aus dem Willen des Vaters* im Fleisch gezeugt, *aus der Reinheit Seines Gedankens* und *in der Reinheit Seiner Liebe* entsteht die Reinheit des Fleisches.

Der Wille des Vaters, entstanden im Fleisch, dient der Höheren Ordnung in der niederen Ordnung und verbindet die niedere Ordnung in die Höhere Ordnung.

So entstand der Mensch, Jesus, der der Christus ist, aus dem Fleisch in der Reinheit der Gedanken und ist der Wille des Vaters, des Schöpfers, der die Ewige Liebe ist.

Der Schöpfungsakt des Menschen, im Willen des Vaters, ist heilig und unantastbar und ist die Liebe des Höheren zu dienen dem Niederen, das Niedere zu erhöhen in die Liebe des Höheren.

Meine irdische Mutter und Mein irdischer Vater dienten dem Willen des Vaters.

Aus diesem Willen des Vaters segnete ER, der Schöpfer, das Haus David, die Linie der Reinheit zu vollenden bis in die Ewigkeiten allen Seins.

Dieses Vermächtnis ist die Nabelschnur der Menschheit und ist unlösbar mit dem Schöpfer, dem Vater, verbunden.

Kein Mensch kann diese Heiligkeit aufheben aus dem Gebot Meiner Liebe.

Kein Mensch kann diese Unantastbarkeit des freien Willens verändern in ein Verbot Meiner Liebe.

Den Willen des Vaters, den Ich, Jesus Christus, gekommen bin zu überbringen, ist das Erbe des Schöpfungsaktes in Seiner Liebe aus der Reinheit der Gedanken.

Seid fruchtbar und mehret euch, diese Worte gab Ich euch.

Seid fruchtbar in der Reinheit der Gedanken, das Erbe der Schöpfung,

mehret euch, das Erbe der Schöpfung, aus dem Willen des Vaters, der Ewigen Liebe.

Das Erbe der Schöpfung ist fruchtbar und mehret sich, in der Liebe, entstanden aus dem freien Willen des Vaters, fortgeführt in dem freien Willen der Menschen, die Erben der Schöpfung der Liebe sind.

Dieses Erbe offenbart sich den Menschen in den Geboten der Liebe.

Kein Mensch kann Anspruch erheben auf die Unterdrückung des freien Willens eines Mitmenschen.

Schon einige Jahrzehnte nach Meinem Tode erhoben einige Menschen Anspruch darauf, Meine Gebote der Liebe nach ihren eigenen Wünschen zu verwandeln in Verbote Meiner Liebe und entstellten den Sinn Meiner Wahrheiten.

In Syrien entstanden die ersten verschiedenartigen Gemeinschaften, die Meinen Namen benutzten, jedoch ihre eigenen Lehren aufstellten und durchzusetzen versuchten.

Kein Mensch kann nach Verboten Meiner Liebe leben, denn Meine Gebote der Liebe sind die Einheit mit allem Göttlichen Sein und das Lebenselixier einer jeden Seele, die unsagbar leidet in der Trennung von Gott, der Mein Vater ist.

Ich, Jesus Christus, kam in die irdische Ebene, die Trennung von Gott, Meinem Vater, aufzuheben, das ist Mein Geschenk an die Menschen.

Die Einheit mit dem Vater entsteht durch die Gebote der Liebe.

Die Trennung von dem Vater entsteht durch die Verbote Meiner Liebe.

*

Joseph von Arimathäa, der Bewahrer und Hüter Meiner Lehren, lehrte in Syrien die Wahrheit Meiner Worte, so wie Meine Apostel und Jünger die Worte der Wahrheit Meiner Liebe den Menschen brachten. Im Laufe der Zeit verfälschte sich das Bild unter den Strömungen der Zeiten und es entstanden Lehren, die den menschlichen Entwicklungen angepaßt wurden. Einigen Herrschern und Kirchenfürsten war die Gleichstellung von Frau und Mann ein Dorn im Auge ihrer Gerechtigkeit und sie entfernten aus den Offenbarungen Meiner Frau, Maria Magdalena, dem Buche der Weisheit, Meine Gebote der Liebe.

Kirchenfürsten und Herrscher tagten in langen Beratungen und mißbilligend ahnten sie die Gefährlichkeit der Achtung der Gleichstellung der Geschlechter für ihre materiellen Reiche, und ihre Gedanken gebärten die Sündigkeit der Frau.

Ich, Jesus Christus, lebte die Heiligkeit der Ehe.

Die Sündigkeit der Frau auferlegte den männlichen Würdenträgern Enthaltsamkeit, zur Bewahrung ihrer Reinheit.

Ich, Jesus Christus, lebte die Reinheit der Liebe.

Reinheit der Gedanken bringt Reines hervor.

Viele Kinder entstanden aus der Verbindung zwischen enthaltsamen Würdenträgern und unwürdigen Sünderinnen. Unwürdige Gedanken brachten unwürdige Kinder zur Welt, die des Lebens beraubt oder zum unwürdigen Dienen bestimmt wurden.

Ich, Jesus Christus, achtete Meine Frau und
Ich, Jesus Christus, achtete Meine Kinder,
in der Reinheit der Liebe.

Die Würdenträger befanden die Frauen als unwürdig, Wissen zu teilen.

Ich, Jesus Christus, teilte Mein Wissen mit Meiner Frau, die Erbin und Trägerin dieses Wissens ist.

Viel Blut ist vergossen worden,
die Würde der Frau zu schmähen, das Wissen den Frauen abzuerkennen, die Kinder der Unwürde zu beseitigen und die Bürde der Enthaltsamkeit aufzuerlegen.

Unsagbares Leid ist über die Menschen gebracht worden.

Die Menschen, die Meine Gebote der Liebe leben, respektieren die Unantastbarkeit des freien Willens.

*

Das männliche und weibliche Prinzip bildet die Einheit in der

Göttlichkeit,

dieses Prinzip lebte Ich, Jesus Christus, mit Maria Magdalena.

Ich, Jesus, bin der Mensch,

Ich, Christus, bin der Sohn des Vaters,

und lebte die Gebote der Liebe als Mensch und lebe als Sohn des Vaters.

Ich, Jesus, bin die Auferstehung im Christus,

und das Leben

in Meinem Sohn,

in Meiner Tochter,

die Göttliche Einheit, entstanden in den Gedanken
der Reinheit der Liebe,
aus dem Gebot des Vaters, der diese Ewige Liebe ist.

Und die Zeit Meiner Wiederkehr ist gekommen,
das Blut der Menschen,
das vergossen wird durch die Blindheit
und im Nichtverstehen Meiner Lehre, zu reinigen.

Mein Blut ward vergossen zum Heil der Menschen.
Das Blut der Menschen wird vergossen zum Heil der
Machthaber der Finsternis.

Mein Friedensreich ist das Reich der Liebe, dort, wo Milch und Honig fließt und die Wonnen der Schönheiten aller Ewigkeiten aus den Quellen des Vaters fließen, zu dienen den Menschen.

Und die Quellen des Vaters fließen aus der Unendlichkeit in die Ebene der Materie.

*

Galahad und Joseph von Arimathäa bewegten ihren Geist in die Richtung der Ankommenden und in der nahen Weite nahmen sie die Schwingung wahr. In geflochtenen Körben lagen Brot und Obst bereit, und irdene Krüge waren randvoll gefüllt mit kühlem Wein und frischem, quellklaren Wasser.

Simon führte die beiden Frauen sicher den Berg hinauf und die sanfte Liebe Meiner Anwesenheit stärkte die nachlassenden Kräfte während der 56 tägigen Reise in die Offenbarung der kommenden Tage.

Tiefblau hüllte der Himmel das Massiv Sainte Baume ein und die Wipfel der samtgrünen Bäume neigten sich schattenspendend den Bewohnern des Waldes entgegen. Steil führten die steinigen, unebenen Wege hinauf in die Höhe der Höhlen, das Meer am Rande des Horizontes erahnend. Tief in den Berg hinein ebneten sich schmale Pfade einer innenliegenden Höhle, ausgestattet mit Rastplätzen aus dickem, weichen Moos. Hier, in diese Abgeschiedenheit jenseits der menschlichen Begegnungen, offenbarte Ich, Jesus

Christus, Mich den Hütern des Friedens. Silberglänzende Punkte kaum wahrnehmbarer Energien bewegten sich spiralenförmig aus den Höhen des tiefen Blaus hinab in die Ruhe der Höhle, und sie kündigten Meine Erscheinung an in sanftem Drehen wirbelnder Lichtpunkte. Mein Geist bewegte die silbernen Lichtpunkte in die Materie des feinstofflichen Körpers und umhüllte einen festen Körper Meiner Energie.

Segnend hielt Ich, Jesus Christus, Meine Hände über die geneigten Scheitel Meiner Frau, Maria Magdalena, Meiner Kinder und Simon und Joseph von Arimathäa.

Schweigende Harmonie spannte eine zarte Erwartung in diesen Moment der Ewigkeit Meiner Nähe. Ein tiefgezogener Klang sehnsuchtsvoller Reinheit hob die Schleier der Höhle des Erwachens, bewegende Innigkeit mit dem Hauch der Kostbarkeit des Einsseins mit dem Vater. Schwimmender Lotus zauberte aus der Unendlichkeit zartes Rosa in die sich öffnenden Knospen und trank den Duft der Ufer der Glückseligkeit, der berauschenden Wellen unendlicher Liebe, die sich in den Quellen des Vaters im Strudel der Glückseligkeit vereinten.

Und so erhob Ich, Jesus Christus, Dich, Maria Magdalena in den schwimmenden Lotus der Glückseligkeit, tränkte Deine Liebe mit den Strudeln der Ewigen unendlichen Liebe.

Deine Zeit, mit Mir zu gehen, war gekommen, und der irdische Abschied nahte heran in dem Bewußtsein des Einsseins mit Allem.

Von weit her, aus den Fernen deiner Seelenheimat, erklangen in deinem Ohr Wellen sanfter Gesänge frohlockender Liebe deiner Wiederkehr, heim in das Reich des Vaters.

Ein letztes Mal bewegte sich dein Atem in dem Irdischen, lächelnd danktest du Simon, deinem Wegbegleiter und Joseph von Arimathäa, deinem Freund in Meiner Liebe.

Schwerelos glitt die Schönheit der überirdischen Ebene in dein Lächeln und die Sanftheit deiner Liebe liebkoste Galahad und Eleanore, und eine Woge ihrer Liebe enthob dich zart dem Lichtkreis des Irdischen hinaus in Meine liebenden Hände des Ewigen Seins.

Goldenes Licht entströmte dem Silberfaden, den Ich, Jesus Christus, auf Meinem Lichtkreuz hinauftrug in die Weiten grenzenloser Liebe. Schwebend versank der Schein unendlicher Güte in den Quellen des Ewigen Vaters.

Das Fundament Meines Lichtkreuzes blieb zurück vor der Höhle des Erwachens.

Galahad umarmte die weinende Eleanore und verband ihre Seele mit dem Balsam seiner Liebe und reichte ihr den Heiligen Gral, aus dessem Inneren ein betörender Duft einzigartiger Rosen entströmte. Selige Vereinigung der Göttlichen Einheit berührte die Qual ihres Herzens und tauchte ihr Auge, das Tor zur Göttlichkeit, in die Tiefe des rubinroten Strahles wärmender Energie, Tröster des Lichtes. Sanft entschwebte ihre Trauer auf den Strahlen der göttlichen Tröster und zurück blieb die allumfassende Liebe in der Geborgenheit ihres Bruders.

Behutsam führte er sie hinaus in das Freie und sie setzte sich auf den Felsen vor der Höhle und atmete die Freiheit ihrer Mutter und die Liebe ihres Vaters, die Meine Liebe aus der

Ewigen Liebe Meines Vaters ist. Weit blickte sie hinauf in die Unendlichkeit, an den Rand der Horizonte und durch das Blau des Himmels in das entfernte Firmament aller Wahrnehmungen. So saß sie still in der schweigenden Unendlichkeit der Wahrnehmungen, die tröstend den Mantel Meines Friedens um sie legte.

Bei Tagesanbruch gingen die vier Träger Meines Lichtes zurück in die Dörfer unterhalb des Berges. Wehmut begleitete die Menschen bei der Nachricht des Todes Maria Magdalenas und sie pilgerten den Berg hinauf in die erquickende Lieblichkeit ihres ewigen Duftes aus der Rose ihrer Liebe.

Galahad zog sich einige Monate zurück in eine Einsiedelei unterhalb der Pyrenäen, seine Trauer zu verbergen. Sechs Monate der Einsamkeit brannte den Schmerz in das Gestein seiner Behausung, den Schmerz des Todes und den Schmerz der Grausamkeiten der Menschen, die Meine Lehre zu ihrem Vorteil veränderten. Und sein Blick richtete sich in die Tiefen des Meeres, den Urgrund zu erforschen, und in den Tiefen dieses Meeres versenkte er die Wehmut seines Herzens und den Schmerz der Niedergeschlagenheit seiner Seele, den Menschen Meine Wahrheit der Liebe nahezubringen.

Sinnlose Menschenopfer forderten die heftigen Kämpfe, die außerhalb der Einsiedelei stattfanden und Ich, Jesus Christus, sprach zu ihm: "Galahad, Mein Sohn aus dem Schoß des Heiligen Kelches, überbringe den römischen Feldherrn Meine Botschaft, die in Pergament eingewickelt, in den Bergen deiner Heimat ruht. Und Ich sende dich zu Petrus, denn auf diesen Felsen will Ich bauen. Das Pergament deiner Herkunft kennzeichnet dich als Meinen Erben und wird ihm, dem Begründer des Reiches Meiner Liebe, als Grundstock der Dynastie des Hauses David ein Zeichen Meiner Liebe sein. So gehe hinaus, Mein Sohn, und diene Meiner Liebe, die allen Menschen zuteil werden wird. Hunderte von Jahren werden nötig sein, die Begrenzungen aufzuheben in die Freiheit Meiner Liebe, und doch sind dieses Hunderte von Jahren ein Tropfen in der Ewigkeit, der Heimat dieser Meiner Liebe."

Sorgsam wickelte er den Heiligen Gral in ein leinenes Tuch und Galahad verließ die Höhle der Einsiedelei und ging hinaus in das Gebet Meiner Herrlichkeit.

Die Achtung unter den Menschen war sehr gering und gnadenlos beseitigten Wegelagerer Zeugen ihrer Greueltaten. Galahad schlief im Schutz eines Dickichts, den Heiligen Gral fest in der Seitentasche seines Mantels verpackt. Ein bärtiges, wildes Gesicht verlangte nach seinem Hab und Gut und setzte ein blinkendes Messer an seine Kehle. Galahad sah durch sein Auge, dem Tor der Göttlichkeit, die Verletzungen der Seele dieses Mannes und liebend umhüllte er ihn in die Schwingung des Heiligen Grals. Mühselig setzte sich der Mann neben Galahad und staunend hob er seine Hand zum Gruß, die Hand, die bereit war zu töten. Unendliche Liebe durchflutete die Körper dieses Mannes, ungeahnte Gefühle tiefer Sehnsucht nach dieser Liebe lösten einen Strom längst vergangener Tränen auf in heftiges, erbarmungswürdiges Schluchzen. Ein tief verwurzelter Schrei erbarmte die Seelen, deren Tod er unbarmherzig verantwortete, erbarmte die Vergebung der Seelen, in der Auflösung der schweren Schuld. Erschüttert neigte er sich dem Heiligen Gral zu und versank in demütige Anbetung. Lange, sehr lange, verharrte er in der Anbetung dieser Liebe, die sein Herz und seine Seele bis in das Allertiefste erfaßt hatte, entdecke seine Göttlichkeit im Verlangen nach dem Stillen dieser Sehnsucht, unfaßbare

Glückseligkeit durchflutete seine Bewußtsein bis in das Mark allen Seins.

Lächelnd senkte sich Mein Geist nieder in die Lauterkeit dieser Seele und friedenerfüllt hob er seine Augen auf in das goldene Licht, das ihn umflutete. Nie war er in seinem ganzen Leben niedergekniet, nie kannte er das Gefühl der Achtung für Menschen untereinander, nie erfaßte ihn so eine tiefe, innige Liebe, die ihn die Demut für alles Sein lehrte. Voller Glück umfaßte er den Kelch, in den Galahad etwas Wein gefüllt hatte. Sanft und zart küßte er den Rand des Kelches, tauchte ein Stück Brot hinein und erfüllt mit tiefer, reiner Liebe, trank er den süßesten Schluck seines Lebens, der ihn für immer erfüllen sollte.

Galahad erzählte ihm von der Lehre Meiner Liebe, und tränenerfüllt flossen die Schmerzen seiner Seele in die Wurzeln des Waldes, und das Erwachen seines neuen Morgens in Meine Herrlichkeit, berührte die Geschöpfe des Waldes und kristallklare Tautropfen sangen ein unvergängliches Lied zu Ehren des Vaters.

Und Jeremias blieb in dem Bannkreis des Heiligen Grales bis zu seinem Tode.

*

Rom blutete unter der Herrschaft der Grausamkeit und schien verwahrlost und ausgebeutet. Die Sklaven der Hohen Herren sangen ein dunkles Lied, geboren aus den dunklen Riemen, die peitschend den Widerstand der Haut und der Seele durchbrachen.

Galahad war erschüttert, es waren noch keine zehn Jahre her, daß er hier das Wort der Liebe verkündet hatte. Er ging in die kleine Kapelle, die zu Meinen Ehren in der Mitte Roms errichtet worden war und kniete dort in verzweifelter Erkenntnis nieder. Heiß brannte die Sonne Roms und heiß brannten seine Tränen, die in der untergehenden Sonne versiegten. Gefaßt begab er sich auf den Weg zu Petrus, der in seiner bischöflichen Residenz auf ihn wartete. Petrus erzählte die vergangenen Jahre und nahm den Tod von Maria Magdalena zur Kenntnis.

Lange und sorgsam schien das Geheimnis Meiner Nachkommenschaft und das Erbe des Throns aus dem Hause

David gehütet, in dem Anspruch auf den höchsten Thron des kirchlichen Regenten. Besorgnis spiegelten die Gesichter Roms aus den Hierarchien der Erwählten, den höchsten Thron an seinen legitimen Erben zu geben. Sie besiegelten einen Plan der höchsten Geheimhaltungsstufe und verdammten jeden damit beauftragten Mann zum Tode.

Die Zeugen dieser Zeit starben, die Zeugen des Geistes sind Ewigkeit.

In den tiefsten Tiefen Roms und in den tiefsten Tiefen der Seelen Roms liegen diese Dokumente der Ewigkeit begraben. Verhängnisvolle Fußangeln dünnmaschiger Netze kirchlicher Spitzel besiegelten den Tod vieler unschuldiger Menschen.

Galahad trat seine letzte große Reise an und kehrte Rom für immer den Rücken.

*

Eleaonore umfing die goldenen Strahlen der Sonne mit einem lieblichen Lächeln dankbarer Anmut. Tiefe Freude erfüllte sie bei der Nachricht der Ankunft Galahads und sie spürte die zarte Hoffnung ihres vierten Kindes, dessen Geburt unmittelbar bevorstand.

Galahad saß am Rand des Brunnens, der in der Mitte des Innenhofes stand. Kühlend floß das klare Wasser durch die Kehle Galahads, der vier Tage und Nächte dem Siegel Roms, seiner Ermordung, entkommen war. Liebende Hände legten ihre Fingerspitzen sanft auf den Mund, und schweigend ebneten ihm viele Menschen den Weg zurück in die Heimat seiner Seele. Unbehelligt durch das Schweigen dieser Menschen verlor sich seine Spur in der Liebe dieser Seelen.

Voller Liebe glitt sein Blick über die Täler seiner Heimat und in den Wäldern seiner Kindheit schien die Unberührtheit der Jahrzehnte unverändert das Bild seiner Jugend zu prägen. Die Äste der alten knorrigen Eiche hüllten ihn ein, so wie damals,

als er mit seiner Mutter in den Wäldern Kräuter sammelte. Und die Last der Verfolgung wich der Geborgenheit unendlicher Liebe, gespeichert in den Bäumen der Jugend, ewiges Dokument dieser Zeit.

In dieser Stimmung grenzenloser Glückseligkeit begegnete ihm Jeremias, der Hüter der Liebe des Heiligen Grales. Jeremias erzählte ihm von dem Unglauben seiner Mitmenschen, als er bekehrt und von tiefer Liebe erfüllt in das Dorf seiner Heimat zurückgekehrt war. Durchstrahlt von dem Bann der Liebe des Heiligen Grals bewegte er die Herzen seiner Mitmenschen und sie schlossen sich zusammen in der Heiligkeit der Liebe, die er erfahren durfte. Weit öffneten sich die Herzen dieser Menschen in die Liebe Meiner Allgegenwart, ein Dorf des Friedens und der unfaßbaren Glückseligkeit entstand. Jeder sorgte für Jeden aus der Liebe ihrer Herzen und aus der Weisheit des Geistes.

Die Sonne neigte sich in Demut vor der anbrechenden Nacht und übergab die Menschen dem Mond. Galahad zog ein frisches, weißes Gewand an und begab sich etwas außerhalb in ein stilles Gebet mit Mir, seinem Vater. Und Ich, Jesus

Christus, füllte den Heiligen Gral mit Wein und Ich gab ihm ein Stück Brot. Dieses, so bat Ich Galahd, bringe den Menschen, die Meinen Frieden leben. Teile mit ihnen dieses Brot und diesen Wein. Ich segnete das Haupt Meines Sohnes und er stand auf und ging zu den Bewohnern des Dorfes, die vor ihren Hütten um ein wärmendes Feuer saßen. Sanftes Schwingen erhabener Töne verband den Geist der Menschen mit den Chören der Engelhierarchie, die den Äther füllten. Ein goldener, hauchfeiner Ring kreiste in zartesten Bewegungen aus der Unendlichkeit der schwingenden Acht, die ewige Verbindung der Ewigen Liebe Meines Vaters, über den Häuptern in der musikerfüllten Nacht.

Galahad, Mein Sohn, trat in die Feierlichkeit dieser Nacht, kniete nieder in Ehrfurcht vor der Heiligkeit dieses Momentes und Mein weißer Strahl der Liebe verband die Horizonte in der Strahlkraft der Unendlichkeit. Galahad gab den Heiligen Gral weiter mit dem Blut Meiner Liebe, Sinnbild des Ewigen Lebens in dieser Liebe und Verbindung der Menschen mit der Ewigen Quelle allen Seins. Das Brot brach er in zwei Hälften und gab es den Menschen, die es wiederum teilten, bis ein jeder dieses Brot des Lebens aß. Liebevolle Stille umsäumte die Menschen in dem Schweigen dieser Herrlichkeit und das Leuchten der goldenen Wälder erschien in dem einzigartigen Brechen des Lichtes millionenfacher Prismen gleich einem Feuer der Unendlichkeit.

Und Mein Gesicht leuchtete durch den weißen Strahl der Unendlichkeit in die Seelen dieser Menschen, die die Erhabenheit und Liebe dieser einen Sekunde Ewigkeit in dem Wissen Meiner Gegenwart tief in ihr Innerstes verbanden.

Jeremias erhob sich in dem Lichte seiner Sehnsucht. Erfüllt von dem Zauber des Widerscheines des Heiligen Grales entströmten seinen Händen flimmernde, goldene Tropfen Ewiger Heilung und Ich, Jesus Christus, sandte ihn aus, mit den Händen der Liebe den kranken Seelen zur Heilung zu dienen.

Galahad und Jeremias brachen bei Tagesanbruch auf, den Weg in die Pyrenäen anzutreten, dort, wo Eleanore und Simon warteten.

An den Küsten des Meeres tobten heftige Kämpfe um die Macht falscher Propheten, die mit Grenzen begrenzten, was das Reich Gottes ist.

Mein Vater ist grenzenlos und gibt grenzenlos.

In dem Reich Gottes existieren keine Grenzen,

es existiert grenzenlose Liebe.

Jeremias kannte die Wirbel der zerstörerischen Gewalt aus den Tagen seiner Haltlosigkeit. Inmitten der blutigsten Wirbel diente er den Menschen, mit den heilenden Händen, die Ich, Jesus Christus, ihm schenkte. Er riß die Barrieren des begrenzten Verstandes ein und öffnete die Grenzen der Grenzenlosigkeit im Lichte des Heiligen Grales. Viele Fahnen, die die Grenzen der neu erkämpften Besitzstände anzeigten, wurden niedergelegt, die Offenheit für die Liebe zu zeigen.

*

Galahad erreichte Eleanore in der Blüte ihres Lebens. Summend saß sie im Kreis ihrer Kinder in dem Schatten einer alten Eiche. Träumend erinnerten sie ihre Kindheit im Schutze des Sainte Baumes, die wenigen gemeinsamen Jahre. Versonnen liebkoste Galahad das jüngste, vor wenigen Wochen geborene Kind, und seine Seele verband sich in der Liebe seines Vaters mit der Seele dieses Kindes.

Das Plateau der Eingeweihten befand sich in der Nähe des Hauses von Eleanore und Galahad suchte die Schule der Offenbarung auf. In der Tiefe der Höhlen sprudelte die Quelle der Heiligen Wasser und die Öffnung zu dem Himmel bewahrte die Verbindung des Himmels mit der Erde.

Galahad richtete seinen Geist aus in die Pyramide der Eingeweihten im Süden Ägyptens und erreichte ihre Botschaft über den Äther der Transzendenz. Die Kraft des Geistes floß über die Energieträger der Lemniskate der Unendlichkeit und violett zeichnten sich die Umrisse der Pyramide in der

Göttlichkeit des dritten Auges. Das Band der Einweihung übermittelte die Sprache des universellen Wissens und verband die Mönche in der Pyramide in Ägypten mit den Mönchen im Süden Englands und im Süden Frankreichs zeichnete sich die Silhouette der kosmischen Pyramide der Liebe über den Bergen der Pyrenäen in strahlendem Licht ab.

Im ständigen Dialog mit den Pyramidenmeistern lenkten sie die Geschicke des Kosmos in dem Verbund mit der Erde.

Und Galahad ging zurück nach England, um dort den einen Sohn zu zeugen, der vorherbestimmt war am Altar des Friedens, das Erbe des Lichtes weiterzutragen.

10. Kapitel

Ich, Jesus Christus, bin das Alpha und das Omega

Am Anfang war das Wort, und das Wort ist Gott, das lehrte Ich euch. Das Wort, das Gott ist, ist Anfang und Ende.

Aus dem Lichttunnel des Jenseits kam Ich, Jesus Christus, hinab in die Ebene des Irdischen, zu dienen den Menschen, und durch diesen Lichttunnel ging Ich zurück zu dem Vater, zu dienen dem Vater.

Unser Anfang und unser Ende liegt hinter dem Lichttunnel in dem Jenseits, wo Gott, unser Vater, das Wort ist.

Dort, hinter dem Lichttunnel, im Jenseits, sprach Gott, der Vater das Wort und die Zeit war gekommen, das Kind der Liebe, den Menschen zu senden, aus dem feinstofflichen in den stofflichen Bereich des Lichttunnels.

Und Gottvater formte den Diamanten Seiner unendlichen Liebe, geprägt zur Menschwerdung, mit dem Auftrag der Seele, den Frieden aus dem Altar des Friedens zu bringen.

Galahad folgte dem Ruf des Vaters, überbracht von den Pyramidenmeistern der Pyramide der Liebe, hörte den Ruf der Seele, gesandt vom Vater, seinen Weg aus dem Jenseits des Lichttunnels in das Diesseits zu beginnen.

Joseph von Arimathäa empfing ihn am Ufer zur Einmündung des Meeres der Hoffnung in dem ungebrochenen Leuchten seiner Augen. Lange umfing Galahad ihn in seinen Armen und sie begannen den vorgezeichneten Weg.

Silbern spiegelte das Meer, das Erbe des Lichtes und das Erbe der Hoffnung, in dem Schiff der Liebe, dem Ziel entgegenzutragen. Geführt von den Sternen der Nacht steuerte Galahad sicher dem Hafen zu, der vorherbestimmt der Erfüllung des Wortes Gottes war.

London verschwand in dichten Nebelwolken hinter einem unsichtbaren Vorhang. Joseph von Arimathäa fand sicheren

Schrittes das Kloster, das vor dreißig Jahren ihre erste Zufluchtstätte beherbergte. Hell läutete eine Glocke am Eingang neben der Türe und eine gütig blickende Nonne öffnete die Türe in die Nebel der Unsicherheiten. Dunkle Zeiten mahnten zur Vorsicht Fremden gegenüber. In tiefer, demütiger Verbindung zu Gott dem Vater, wußte sie um die Ankunft der beiden Männer, die ihrer Bestimmung entgegen gingen.

Eine junge Frau von außergewöhnlicher Schönheit kniete demütig vor einem kleinen Altar in dem Seitengang der Kapelle, die unterhalb des Klosters errichtet worden war. Dreißig Jahre zuvor hatte Joseph von Arimathäa und Galahad die Gefangenen befreit und ihnen das Wort der Liebe gebracht. Aus Dankbarkeit ließ ihre Mutter diese Kapelle erbauen.

Schweigend betrat Galahad die Kapelle, erleuchtet im sanften Glanz unzähliger Kerzen, die schimmerndes Gold über die Fliesen des Ganges ergoß. Behutsam berührte ein zarter Lichtschein die Schulter der jungen Frau in unsagbarer Güte nur eines Flügelschlages des Engels der Liebe. Sanft drehte sie die Schönheit ihres Gesichtes Galahad zu und Wärme, Zuversicht und Geborgenheit umfingen sie im Lichtschein des grünen Strahles überirdischer Sensibilität.

Göttliche Reinheit verband den grünen Strahl in die Einheit mit dem weißen Strahl und die Strahlen der Vorhersehung umfingen Galahad und diese wunderschöne junge Frau in die Schwingung reinster Liebe und tief berührt im Wissen ihrer Seelen tanzten sie im Reigen der Harmonie. Galahad liebkoste ihre Augen mit dem Zauber seiner Seele in die Benommenheit der Glückseligkeit. Seine Fußspitzen fühlten keinen Boden mehr, nur noch schwingende Erhabenheit dieser anmutigen Schönheit. Langsam schloß sie das Tor auf zu der Seele aller Glückseligkeit und taumelnde Hingabe umfing sie in trunkenem, sehnsüchtigen Durst nach der Quelle ihrer Bestimmung.

Und langsam führte der Lichtkreis dieses ewigen grünen Strahles Galahad in den weißen Strahl seiner Vervollkommnung, und der Diamant in der Hand des Schöpfers erstrahlte in der Schönheit dieser ewigen und einmaligen Liebe.

Behutsam öffnete der Ewige Vater den Lichttunnel der jenseitigen Welt, aus der Quelle allen Seins, um den Diamanten Seiner Seele der Ebene der Vergänglichkeit anzuvertrauen.

Das Kommen dieser Seele aller Liebe übergab Joseph von Arimathäa den Schlüssel in die Rückkehr des Lichttunnels, an dessen Ende die Güte des Ewigen Vaters die Quellen allen Seins öffnete in die Stille des Schweigens hinter den Gattern der Vergänglichkeit.

Verströmender Duft aus dem Lotus der neuen Seele ahnte die Lieblichkeit der Quelle der Liebe in dem verschwenderischen Gesang der Engel.

Eleanore kostete die Süße dieser Lieblichkeit und empfing die Botschaft der Ankunft dieses Kindes. Freudig tanzte sie in dem Innenhof ihres Hauses und jubelnd bewahrte sie das Glück ihrer Seele in der Tiefe ihres Innersten.

Die Verfolgung der Nachkommen von Mir, Jesus Christus, steigerte sich in blindem Haß und gipfelte in unsagbaren

Qualen für die Menschen, die Mir die Treue bis in den Tod hielten. Das Fundament der Bruderschaft der Liebe durchzog in pulisierenden Adern die Länder Meiner Nachkommen und atmete die Freiheit Meiner Liebe in den Äther der Welt.

Jakobus, Mein Bruder, brachte Meine Mutter Maria über die Meere der Hoffnung in das Land der Neuen Welt, in die Wiege der Bruderschaft der Liebe, dort, wo Eleanore den Geist der Menschen in Schulen der Liebe ausrichtete in die eine Ewige Liebe. Im Schutze der Dunkelheit und geführt von vielen liebenden Händen, erreichten sie die spanische Provinz Galicien, den Ort des Friedens und der Harmonie.

Strahlendes, klares Blau leuchtete aus den Augen Mutter Marias Eleanore entgegen, ein zarter Schein unendlicher, tiefer Liebe umfloß Meine Mutter und Eleanore warf sich voller Hingebung an diese Liebe in ihre Arme und Tränen der Freude und Demut suchten sich ihre Bahnen in einem Seufzer der Unendlichkeit.

Jakobus, Mein Bruder, stand eine Weile vor Simon und eine mächtige Woge ungestillter Wiedersehensfreude befreite sich in einem Schrei innerster Freude und weinend beruhigten sich ihre Seelen in dem unzerreißbaren Band der Seelenfamilie, und sie stillten ihr Verlangen in der Demut Meiner unendlichen Liebe.

Und Ich, Jesus Christus, sandte Meinen weißen Strahl aus der Quelle des Vaters in die Bruderschaft der Liebe, und die Güte des Ewigen Vaters lächelte in der Schönheit dieses Momentes der Hingabe an die Botschaften ihrer Seelen. Wärmend zog Ich ein goldenes Band der Einheit aus Meinem weit geöffneten liebenden Herz um die Menschen Meiner Liebe, die gekommen waren, den Menschen zu dienen, in dem ewigen Auftrag ihrer Seelen, den Frieden den Menschen zu bringen.

Abermillionen Energiefunken rieben sich zu einem Feuerwerk eines sich langsam drehenden Rades schillernder Diamanten aller Seelen des Ewigen Vaters, in der Gegenwart von IHM. Liebliche Kostbarkeit dieser einen Stille, die die Quelle der Unendlichkeit zeichnet in SEINEM Antlitz, unermeßliche Güte, der ewigwährende Fluß liebender Barmherzigkeit

flutete aus der Erhabenheit der Unendlichkeit hinein in die Ebenen der Vergänglichkeit.
Kein Wind flüsterte in den Bäumen, Stille, das Meer schwieg in Ehrfurcht, SEINE Stille. Die Stille der Unenendlichkeit senkte sich in die Kostbarkeit des Wiedersehens. Stille, hörbare Stille bewegte die Seelen in diese Ewige Liebe allen SEINS.

Schüchtern begann der kleine gelbe Vogel ein zaghaftes Lied in diese wunderbare Stille zu jauchzen, fragend leuchteten seine runden, scheuen Augen die Unschuld dieser Stille dieses einzigartigen Momentes, in die Erhabenheit der Himmel zu singen. Er neigte seinen kleinen Kopf ein wenig zur Seite und die Schönheit seines Gesanges bewegte die Herzen.

Im Schatten einer alten Platane im Innenhof des Anwesens setzten sich alle nieder um das Brot miteinander zu brechen und den Wein zu teilen, der in gekühlten Krügen bereit stand.

Celestine, das viertgeborene Kind, öffnete weit seine kleinen Hände und streckte sie mit dem bezaubernden Lächeln eines glückseligen Kindes, Mutter Maria entgegen und schmiegte sich tief in ihre Liebe. Das gleiche dunkle Blau spiegelte sich in den Augen von Maria, und Celestine wob ein stillschweigendes Band, das Tuch der Offenbarung, in die Verbundenheit ihrer Seelen. Mutter Maria erhob sich und leichtfüßig wirbelten sie und Celestine Hand in Hand durch die blühenden Gärten. Sie kosteten von dem Duft der Rosen und steckten Blüten zu einem Haarkranz goldenen Lichtes zusammen, der in dem seidigen Haar von Celestine bezaubernd strahlte.

Simon brachte Jakobus zu einigen anderen Männern außerhalb des Hauses. Sie ließen ein Stück Küstenstraße hinter sich und bogen hinter der Wölbung der Straße in eine dunkle, unwegsame Landschaft zerklüfteter Felsen ein. Eine Weile gingen sie schweigend miteinander bis sie die Rundung eines Einganges, tief in den Felsen, erreichten. Dort brannten sie Fackeln an, um in das Innere der Höhle zu gelangen, wo fast einhundert Menschen auf die Ankunft von Simon und Jakobus warteten.

Gestärkt in Meiner Liebe brachen sie den neuen Morgen des Erwachens an. Bekennende Liebe führte unweigerlich zum

Tode und riß die Familien und Freunde der Verdammten in die tiefsten Tiefen menschlicher Finsternis. So blieben sie alle im Verborgenen Schein dieser Meiner Liebe und hörten Mein Wort in der zärtlichen Dunkelheit dieser verborgenen Höhlen.

Jeder bekennende Mund, der das Vermächtnis Meiner Liebe offenbarte, höhlte die Autorität der Waffen aus in dem Aussprechen Meines Namens, Jesus Christus.

In tönerne Gefäße eingehüllt, überbrachte Jakobus der Bruderschaft der Liebe Dokumente äußerster Wichtigkeit, deren Inhalt die Nachweise Meiner Herkunft, Heiratsurkunde, Urkunden Meiner Nachkommen, und Pergamente, geschrieben von der Hand Maria Magdalenas, die Gebote und die Lehre Meiner Liebe, enthielten.

In Syrien und den angrenzenden Ländern hielt die Kenntnis von diesen Papieren den Blutrausch der Kirchenfürsten aufrecht und der Heilige Boden zerfloß in dem Rot der Erbarmungslosigkeit.

Ein unvergleichlicher, immerwährend bestehender Schutz umgab die Menschen, die in Berührung mit den tönernen Gefäßen kamen. Meine Liebe, verankert in den Geboten der Liebe, tränkte aus Meinem Geist den Geist Maria Magdalenas, der durch ihre Hände in die Pergamente der Liebe flossen.

Mein Lichtkreuz von Golgatha verband sich mit dem Heiligen Gral in den Schriftrollen der Liebe zu einer Pyramide der Weisheit und Liebe, die unbesiegbar, in dem Urgrund dieser Welt fest verankert ist.

Jakobus und Simon kehrten zurück von einer Reise durch Südspanien, Mein Wort der Liebe den Menschen zu bringen, die guten Willens sind. In Gewölben der Verschwiegenheit sähten sie in die Bruderschaft der Liebe den Samen Meines Wortes, der in der Sehnsucht der Seelen aufging.

Mutter Maria versank in stille Harmonie mit Mir, ihrem Sohn und Ich bereitete sie auf die Heimkehr in die Ewigkeit der Nähe des Vaters vor. Im Lichtschein unendlicher Liebe sandte Ich, Jesus Christus, ihr ein Blütenmeer aus rosafarbenem

Lotus, verwoben in den zart schwingenden Elfengewändern reinster Schönheit. Ein Hauch wehmütiger Tiefe schwang in die Sehnsucht des einen Tones der Heimkehr zum Vater, zartes Schweben filigraner Harfen wehten die Blütenmeere in die Reinheit Mutter Marias. Liebend hüllte sie die Gesichter der Anwesenden in den zarten Kuß der Unendlichkeit, und sie entstieg dem Kleid der Vergänglichkeit in das zartrosa, mit frischen weißen Rosen gesäumtem Gewand ihrer Heimat. Mein Lichtkreuz der Liebe verneigte sich vor ihr, Meiner Mutter, die Mutter der Weisheit und die Rose aller Rosen. Aufrecht stand Mutter Maria vor Meinem Lichtkreuz, schwebender Lichtschein in der Liebe der Elfen, rosener Duft in dem Meer der erwachenden Blüten, verzauberter Klang samtener Stimmen filigraner Töne.

Die Spitze der Pyramide über Golgatha gab die Öffnung frei in die jenseitige Welt, Tor der Liebe in die Unendlichkeit, und Mein Kuß innigster Liebe empfing sie in das Willkommen der Ewigen Liebe und Josef von Nazareth versiegelte ihre Wundmahle der Vergänglichkeit und gemeinsam ruhen sie in den Lotusgärten des Vaters, dort, in der Quelle allen Seins.

*

Ein tiefer Gong in den Pyramiden Tibets öffnete sanft gleitende Türen in die innersten Heiligtümer der Gottheiten. Vibrierende Klangspiele zaubern einen Hauch heller Glöckchen in den beginnenden Tag. Ein mächtiger Sonnenball erhebt sich am Rande des Horizontes und taucht die kostbaren Türen in das Gold der Sonne. Verschwenderische Kraft dieser gebündelten Energie bewegt einen runden Tisch im Rhythmus der Uhr des Kosmos, die zu festgelegten Zeiten Botschaften der Pyramidenmeister in alle Welt übermitteln. Feine Energieträger nehmen die Fäden aus Meiner Hand auf und geben sie weiter in die Fäden des Lebens, ewiger Ablauf des Rads der Zeit.

Ich, Jesus Christus, regiere die Pyramiden der Liebe
mit der Speise der Universen.
So wie im Anfang, so im Ende.

Ich, Jesus Christus, führe Mein Volk
in die Bruderschaft der Liebe.
So wie im Anfang, so im Ende.

Mein ist das Himmelreich.
So wie im Anfang, so im Ende.

Ich, Jesus Christus, bin Liebe.

Amen
Amen
Amen

Bea, Die Friedensstifter sind unter euch
Band I der Schriftenreihe: "Jesus, Sein Vermächtnis der Liebe"

Dieses Buch ist Seine erneute Botschaft der Liebe an die Menschen, Sein Angebot des Friedens.

ER erzählt im ersten Teil des Buches Seine Liebe zu Maria Magdalena, Seiner Seelengefährtin aus Gottes Gnade, die nicht nur Seine Apostolin sondern auch Ehefrau und Mutter Seiner beiden Kinder ist. Der Unglaube, verbreitet durch die Kirchen, nährt nach wie vor die Sünde von Adam und Eva. Jesus und Maria Magdalena zeigen den Menschen den wahren Willen Gottes, die tiefe Liebe einer von Gott gesegneten Ehe, die liebevolle Gleichstellung von Mann und Frau. Sein Wunsch ist, daß die Menschen die Größe und Reinheit dieser Offenbarungen verstehen und lernen, dieses Geschenk „Jesus und Maria Magdalena" in der heutigen Zeit anzunehmen.

ER zeigt uns in diesem Buch den Weg Seiner Kreuzigung aus Seinem Blickwinkel, dem Blickwinkel unendlicher Liebe; das Geheimnis des Heiligen Grals und die damit verbundene Reise Maria Magdalenas und einigen Aposteln nach Südfrankreich und die Verkündigung Seines Wortes in dem Neuen Land.

ER offenbart die Geheimnisse der Seelen in der Verbundenheit Gottes, die Inkarnationen der Seele Maria Magdalena. Faszinierend sind die außerkörperlichen Reisen dieser beiden in Liebe verbundenen großen Seelen, die den Friedensauftrag Gottes fest in ihren Seelen verankert haben.

ER verkündet im zweiten Teil den Willen Gottes. Eindringlich und bewegend ist der Aufruf an die Apostel und Friedensstifter, Ihm heute wieder zu folgen. Sie leben alle unter uns, mögen sie die Botschaft hören und erwachen, um sich zu finden, zum Wohle der Menschen.

ER läßt uns teilhaben an der Kraft und Herrlichkeit Gottes, Seines Vaters, die aus der Liebe und dem Frieden geboren werden.

ER kündigt Seine Wiederkunft an, am Tage der Erlösung. Keiner kennt das Datum dieses Tages, nur Gottvater. ***Seine Liebe ist unendlich***.

Möge das Geschenk des Heiligen Grals in Ihnen beim Lesen dieses wunderbaren Buches die Botschaft der Liebe offenbaren. Gesegnet sind die Menschen, die dieses Buch verstehen.

Buch: (ISBN alt: 3-925612-50-5)
ISBN neu: 3-934288-03-0, 179 S., brosch., 29,00 DM
Hörbuch: ISBN 3-934288-00-6, 4 CDs, 49,90 DM

Bea, Die Bruderschaft der Liebe
Band II der Schriftenreihe „Jesus, Sein Vermächtnis der Liebe“

ER läßt uns in die göttliche Transparenz der sieben Stufen der Weisheit Gottes schauen, ein Gleichnis unendlicher Liebe, die Schönheit der Wahrheit Gottes, die Verbindung des Diesseits mit dem Jenseits.

ER gibt uns erneut die Philosophie Seiner Lehre, dieser unendlichen Liebe, die schon vor 2000 Jahren die Bruderschaft der Liebe in das Land ohne Sünde führen wollte. Die Reinheit Seiner Liebe erkennt die Sünde, anerkennt die Reinheit der Liebe. Die Weisheit Seiner Liebe erkennt das Bedürfnis der Bruderschaft der Liebe, Seine Liebe erfüllt es. Das ist Sein Land ohne Sünde.

Die Machthaber des Planeten Erde sandten die Fürsten des Todes zu überwinden den Himmel und zu sündigen an der Erde. Die Sünde nahm hinweg die Botschaft der Liebe, zum Wohlgefallen der irdischen Verderbtheit.

Die zerstörerische Intelligenz des Menschen endet dort, wo die Weisheit der Liebe beginnt.

Die Bruderschaft der Liebe liegt in Ketten. Der Regent der Abhängigkeit trinkt den Kelch der Sünde. Im Kelch der Sünde erstickt der Planet Erde, der Atem der Welt ist geschwächt. Müde ringt er der Erbarmungslosigkeit den Todeskampf ab. Die Geburt des Todes ist eingeleitet. Die Regentschaft des Todes erlischt. Schwer wiegen in den Waagschalen der Gerechtigkeit die zerbrochenen Menschen, schwer die zerbrochenen Tiere, schwer die zerbrochene Natur.

Buch: ISBN 3-934288-04-09, 160 S., brosch., 29,00 DM
Hörbuch: ISBN 3-934288-01-4, 4 CDs, 49,90 DM

Ankündigung

Hörbücher zu der dreibändigen Schriftenreihe

Band 1 „Die Friedensstifter sind unter euch",
der Schriftenreihe „Jesus, Sein Vermächtnis der Liebe"
4 CD's ISBN 3-934288-00-6 49,90 DM

Band 2 „Die Bruderschaft der Liebe",
der Schriftenreihe „Jesus, Sein Vermächtnis der Liebe"
4 CD's ISBN 3-934288-01-4 49,90 DM

Band 3 „Meine Nachkommen, die Erben des Lichts",
der Schriftenreihe „Jesus, Sein Vermächtnis der Liebe"
4 CD's ISBN 3-934288-02-2 49,90 DM

Eingehüllt in zauberhafte Musik göttlicher Weiten
berühren
die tiefgehenden Wahrheiten und
die Schönheit der Lehre Seiner Liebe,
aus dem Geiste von Jesus Christus,
das Innerste der Menschen
und
schwebende Harmonie offenbart die Liebe Seiner
Anwesenheit.

Gesprochen von Bea

Hintergrundmusik
aus „Delicious Fruit" von Thomas Kagermann, inak
und
aus „Celeste" von Wolfgang Höfer, Bea Music